골목의 조

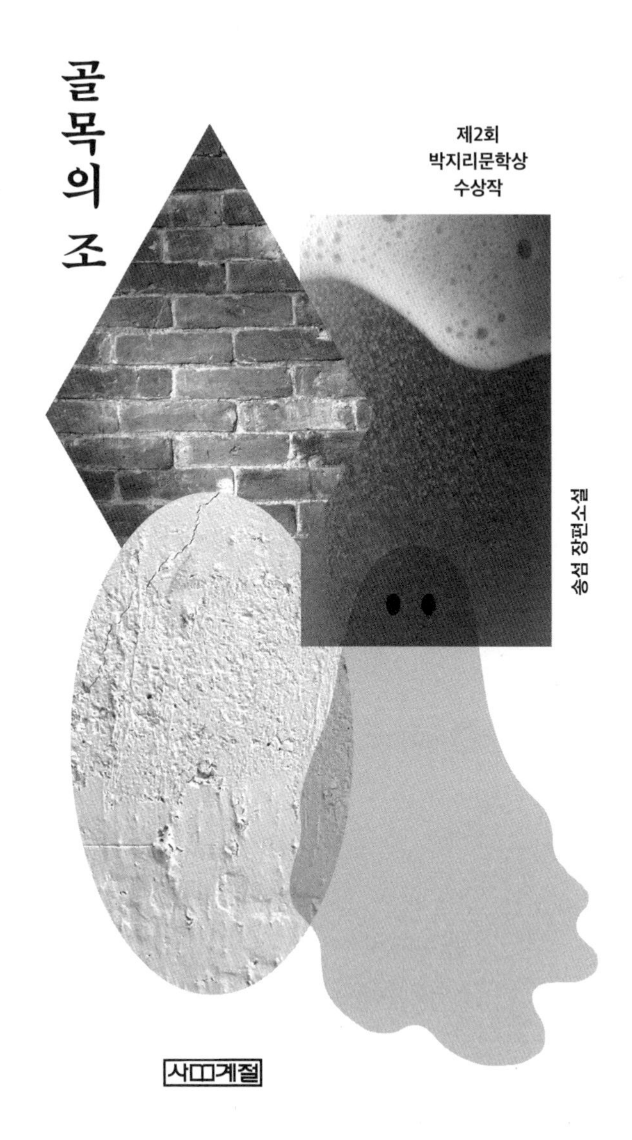
골목의 조
제2회
박지리문학상
수상작
송섬 장편소설
사계절

이 작은 책으로
우리의 거리가
성큼 가까워졌으면
좋겠습니다.

차례

#

유년 시절에 대해서는 거의 할 말이 없다. 다들 약속이라도 한 것처럼 자기 문제의 원인을 유년기에서 찾아내던데 말이지. 유년기가 있어야 한다는 사실마저 나는 한참 지난 후에 알았다.

비슷한 이야기로, 부모에 대해서도 거의 할 말이 없다. 이번에는 전혀라고 단언해도 좋을 것이다. 일단 아버지와 둘이 살았다. 어머니가 있었다는 사실은 대강 지어내 납득한 것이다. 그 어떤 아버지도 아이를 낳진 못하므로.

필요한 것은 모두 책에서 배웠다. 그러나 그런 식

으로 얻은 지식은 이미 한 번 텍스트로 여과된 것이어서 현실적이고 즉각적인 일들에 대해서는 전혀 이해할 수 없었다.

나는 책에서 배운 것들을 실제 감각으로 통역해내는 데 시간을 많이 들여야 했다. 그럭저럭 잘 되는 것도 있었고, 잘 되지 않는 것도 있었다. 언젠가 사람들은 일기장에도 거짓말을 쓴다는 사실을 알아차리고는 기분이 더러워져 소리를 지르며 울었다. 실컷 운 다음에는 단팥빵을 사 먹었다.

#

만약 내가 책을 쓴다면, 다음 질문들에 대한 답을 활자로 남겨두는 일을 목표로 할 것이다. 속옷은 며칠에 한 번 갈아입어야 하는가? 잘 모르는 것에 대해 왜 아는 척해야 하는가? 유명한 비밀은 비밀인가? 일행과 함께 있을 때 다른 사람과 마주치면 어떻게 처신해야 하는가? 애초에 그 일행이라는 것은 어떻게 만드는 것인가?

내게도 나름의 요령이 있다. 예를 들어, '그건 좀 그렇다'는 말의 의미를 이해하려고 노력하는 대신 가벼운 신음 소리를 내며 어깨를 들썩인다. 이것은 꽤 효과적이다. 대답하지 않으면 사람들은 자기가 원하는 대답을 들었다고 생각해버린다.

#

불현듯 무언가 떠오른다. 혹은 천천히 수면 위로 모습을 드러낸다. 나는 그것을 말하려 한다. 황급히 말할 상대를 찾거나 종이와 펜을 구하려 두리번거리지만, 그땐 이미 생각이 문을 열고 나가버린 뒤다. 그 자리엔 그와 아주 닮았으나 묘하게 촌스러운 생각만이 멋쩍게 앉아 있다. 진한 화장을 한 앳된 여자아이처럼. 그렇게 되면 아무리 갈피를 잡으려 애써도 아무것도 떠오르지 않는다. 촌스러운 여자아이도 함께 애써주지만 어쩔 수 없다. 마치 유효 기간이 만료된 꿈 같다. 내가 말하고 싶은 것들은 대개 이런 식이다.

그럼에도 불구하고 너무도 당연해서 남들은 딱히 설명할 필요조차 느끼지 못하는 많은 일들을 고민하느라, 나는 대부분의 시간을 낭비하고 말았다.

#

아버지와 둘이 살던 아파트는 그가 일하던 빵 공장의 사택이었다. 외벽에는 '우정'이라고 쓰여 있고, 엘리베이터는 없으며, 바람이 많이 부는 날에는 벗겨진 페인트 부스러기가 떨어져 날리는 그런 아파트. 집은 417호였다.

버스 정류장이 먼 데다가 주변 건물들도 다 낡고 낮아서, 학교에 갔다 돌아올 때면 멀리서부터 아파트를 바라보며 걷곤 했다. 여러 가지 색의 하늘 아래 우뚝 서 있는 그 건물은 언제나 추레한 남자를 연상시켰다. 멍하니 앉아 지친 표정으로 담배를 태우는, 등이 몹시 굽은, 더 이상 아무 데서도 팔지 않을 것 같은 옷을 입은 중년의 남자. 생각해보면 그 건물은 하루하루 낡아갈 뿐 한 치도 어떤 것을 향해 나아가지 않았던 것 같다. 낡아가는 속도와 방향마저 무의미했다.

내게도 유년기라는 것이 있다면, 아마 그 집에 버려져 있을 것이다. 어쩌면 그 집 자체가 나의 유년기일지도. 사실은 잘 모르겠다. 스무 살 이전의 기억은 실수로 쏟아버린 사진들을 그러모아둔 것처럼 난잡하고 무의미하다. 열여덟 다음에 열다섯이 있었다고 하더라도 반박할 말이 없을 정도다. 하나하나의 사건은 사진처럼 또렷한데, 도무지 순서를 맞출 수가 없다. 그 무렵에는 누가 나를 좀 구해주든 죽여주든 하면 좋겠다고 생각했던 것 같다. 물론 그렇게 해준 이는 없었다. 다른 사람들은 그런 생각을 하며 살아가지 않는다는 사실을 깨달은 것은 그 터널 같은 유년기에서 빠져나오고 한참 뒤의 일이다.

아버지가 죽은 다음에야 나는 친척이라는 사람 몇몇을 보았다. 고모 둘과 숙모 하나. 놀랍게도 모두 평범한 사람들이었고, 서로 몹시 닮아 보였다. 연습 삼아 '고모 1'을 만든 다음 '고모 2'를 만들었더니 재료가 남는 바람에 '숙모'까지 만들었다는 식으로. 고모 둘은 그렇다 치더라도 숙모까지 닮은 것은 조금 이상한 일이지만, 아무튼 그들은 매우 닮은 얼굴의 세 여자였다. 애초에 고모와 숙모가 있는지도 몰랐으니 내가 연락한 것은 아니었다. 그들은 죽음의 냄새를 맡은 것처럼 알아서 찾아왔다. 그러고는 익숙하다는 듯이 일을 척척 맡아 처리했다. 주변에 부고를 알리고, 사망 신고를 하고, 장례를 치르고, 얼마 안 되는 유산을 확인하고, 신변 정리를 하고, 역시 있는지도 몰랐던 보험금을 수령하는 일들을.

장례를 마친 다음에는 고몬가 숙모 중 하나가 내게 새 옷을 사 입히고 아버지가 일하던 공장으로 데려갔다. 몇십 분간 대화가 오간 뒤, 나는 고등학교를 졸업할 때까지 사택에 그대로 머물 수 있게 되었다. 그때 나는 열아홉이었다.

돌아오는 길에 고모인지 숙모인지가 물었다.

"공부는 잘하니?"

나는 그냥 어깨를 으쓱거렸다. 그러자 고모인지 숙모인지는,

"그래, 차라리 잘 됐어. 공부를 잘하면 대학에 가야 할 텐데…." 하고 더 이상 말을 잇지 않았다.

고모로부터 명함을 한 장 받아 전화기 옆에 두었는데, 언젠가 저절로 사라졌다. 나는 스무 살이 되자마자 쫓기듯 그 집을 나왔다.

#

우리는 어쩌면 가장 정확한 단어를 추려내기 위해 살아가는지도 모른다. 이를테면 이런 것이다. 타는 듯한 햇볕 아래 사람들이 적당한 간격을 두고 서 있다.

모두 바구니를 하나씩 들고 한 방향으로 걷는 중이다. 바구니엔 고만고만한 크기의 조약돌이 가득하다. 한 걸음 나아갈 때마다 그것을 몇 개씩 집어 발 앞에 뿌린다. 그것을 주우며 또 한 걸음 나아가고, 또 한 움큼 뿌린다. 죽을 때를 대비해 아이를 하나 낳아 그에게 바구니를 맡긴다. 그렇게 조약돌은 또 땅에 뿌려지고 거둬들여진다. 영원히.

어느 누가 그런 것을 제안했는지는 아무도 모른다. 왜 그렇게 하기로 했는지 이유도 알 수 없다. 어차피 뿌리고 주울 것이라면 그냥 품 안에 넣고 걸으면 될 텐데. 조약돌이 서로 뒤바뀌는 것이 중요한 것이라면 옆 사람의 손바닥에 쥐여주면 될 텐데. 의문을 품어도 답은 나오지 않는다. 나도 모르고 너도 모르지만 우리는 알고 있는 종류의 일이기 때문에. 아무튼 우리는 매일같이 시간을 뒤통수로 흘려보내며 조약돌을 뿌리고 다시 줍고 있다.

그리고 그것은 이야기를 시작하고 끝내는 방식과 놀라우리만치 닮았다. 언제 시작한 것인지도, 그리고 언제 끝낼지도 모르는 이야기들이 그런 식으로 살아남아 이어지고 있다. 사실 우리가 늘 전달하고 싶어

하는 것은 이야기 자체라기보다는 느낌일지도 모르겠다. 정말로 레퍼런스가 중요했다면 아버지의 묘비에는 〈누구의 이야기에서 따옴, 1963부터 2017까지〉라고 적어야 했을 것이다.

#

지금 와서 가장 생생하게 떠오르는 것은 막 재가 되어 나온 아버지를 받아 들고 잠시 걸었던 기억이다. 유골은 난초 무늬가 있는 백자에 담겨 있었고 몹시 뜨거웠다. 그때 나는 아버지가 빵 공장에서 정확히 어떤 일을 했는지는 알지 못했지만, 퍽 핍진성을 갖춘 방식이라고 생각했다. 빵 공장이나 화장장이나 비슷하게 생긴 오븐을 쓰는 것이다.

물론 신은 관객의 눈치를 보지 않으므로 현실의 각종 사건들은 아무런 예고 없이 들이닥치곤 한다. 일례로 아버지의 죽음이 그러했다. 어느 날 학교에 갔다가 돌아오니 그는 현관문 도어 클로저에 목을 매달고 죽어 있었다. 아마 이 이야기부터 시작해야 했으리라.

#

나는 이제 스물넷이다. 매년 삼월마다 한 살씩 먹는다. 지구가 한 바퀴 돌면 다 같이 한 살을 먹는 시스템에 동의할 수 없어서, 삼월까지 참았다가 먹는 것이다. 그래서 일월부터 이월 말까지는 되도록 유령처럼 산다. 연차를 미리 다 쓰려고 집에 틀어박혀 빈둥거린다. 어차피 여름 휴가를 가지 않으니 괜찮다. 회사에서도 좋아한다.

월요일부터 금요일까지 건축사 사무소에서 컴퓨터로 도면을 친다. 화면 속 가상의 평면 위에 선을 긋고 수정하고, 수정하고 긋는 일의 끝없는 반복이다. 언젠가 실제로 지어진 건물에 들어가본 적이 있는데, 내가 작업한 도면과는 너무나도 달라 감응은 없었다. 어려운 일은 아니다. 일 년 중 특별히 바쁜 몇 달을 제외하면 잔업도 특근도 없다. 대신 월급은 적다. 어느 정도로 적냐 하면 고양이 두 마리와 사람 하나가 간신히 살아갈 수 있을 만큼 적다.

토요일부터 일요일까지는 보통 고양이들과 논다. 고양이들의 이름은 설리와 밤비. 폭신폭신한 회색 털의 러시안 블루와 날렵한 뱅갈 고양이다.

내 생각엔 강아지를 키워본 사람은 늘 강아지를 기르게 되고 고양이를 키워본 사람은 늘 고양이를 기르게 되는 것 같다. 속옷을 개는 방식이나 반찬을 집어 먹는 순서처럼 자기도 모르게 스며든 습관인 것이다. 둘 중 하나에서 다른 쪽으로 넘어가는 것은 전환이다. 마치 깊은 우물 바닥에 놓인 카드를 뒤집는 것처럼 조용하고 상징적인 전환. 나도 모르는 사이에 카드가 팔랑 뒤집어지고 나면 그 이후에는 완전히 다른 사람이 되어버린다.

하지만 고양이를 기른다는 말은 조금 이상하다. 고양이는 그럴 만한 때가 되면 어미를 떠나 납득이 되는 장소를 찾아간다. 그리고 그곳에서 무럭무럭 자란다. 특별한 종류의 식물처럼. 집에서 기르는 고양이조차 마찬가지다. 납득되지 않는 곳에서는 잘 자라지 않는다. 예컨대 밤비의 경우 우리 집에선 잘 자라지 않는 것 같다. 아무리 먹여도 길어지기만 할 뿐 왠지 제대로 된 고양이처럼은 보이지 않는다. 그래서일까, 언젠가 설리와 밤비가 보따리를 싸서는 이제 슬슬 가봐야겠어,라고 말할 것만 같은 기분이 든다. 다행히 둘 다 아직은 떠나지 않았다.

우리는 지면에서 계단 세 개쯤 아래에 있는 반지하 집에서 산다. 이 집에 산 지 벌써 일 년이 넘었는데도 여전히 택배나 우편물이 일 층으로 잘못 배달되곤 한다. 건물의 현관과 지하로 통하는 계단이 교묘한 각도로 틀어져 있어서 지하에도 사람이 산다고 생각하지 못하는 것 같다.

집을 소개해준 공인중개사 말로는 일 층이나 다름없는 반지하라고 했지만 일 층과는 분명히 다르다. 어느 정도로 다르냐면 정확히 일 층과 반지하만큼 다르다. 집에서 나오면 땅에서 뽑힌 무나 당근이 된 듯한 기분이 든다. 하루 종일 집 안에 해가 들지 않는 계절이 오면 정말로 지구는 도는 것인지 의심하게 된다.

그래도 이 반지하 집에는 분명한 이점이 있다. 일단 계단 밑으로 아무도 내려오지 않는다. 현관을 살짝 열어두면 설리와 밤비가 문 앞에 드러누워 햇볕을 쪼인다. 해가 움직이는 방향으로 슬금슬금 이동하며 자는 데 시간을 쏟는다. 고양이에게는 역시 광합성이 필요한 법이다.

날이 좋은 주말엔 나도 고양이들과 함께 해를 쬔다. 물풀처럼 꼬리를 흐느적거리며 바닥에 녹아 붙은 고양이를 보면 무슨 일이든 잘 되리라는 막연한 희망이 든다. 당장 충치 치료를 받을 돈이 없어도 양치질만 잘하면 더 이상 썩지는 않겠지 하는 희망. 어차피 돈이 별로 없다면 그런 것이 중요하니까. 그러나 나는 결국 인간인지라 회의감에 휩싸일 때도 있다. 그럼 나는 내 나이를 되돌아보고, 직장을 되돌아보고, 수입과 집과 고양이의 수명을 되돌아본다. 그러다 결국은 또 고양이 생각을 하고, 얘네는 대체 무슨 생각으로 사는 것일까 궁금해한다. 고양이들은 중요한 일에 대비해 햇볕을 모아두는 것처럼 내내 해만 쪼인다.

아침이면 옆구리에 고양이 두 마리를 끼고 입가에 달라붙은 털을 뱉으며 일어난다. 고양이들과는 우연한 기회로 만나 꽤 오랫동안 함께 살고 있다. 편의를 위해 나는 그 시점부터를 '고양이 시대'라고 부르고 있다. 고양이 시대는 앞으로도 이어질 예정이다. 어느 날 설리와 밤비가 보따리를 싸서는 슬슬 가봐야겠어, 하고 떠나버릴 때까지.

#

뭔가 설명하기 위하여 전혀 관련 없어 보이는 단

어를 꺼내 들어야 할 때가 있다. 여러 가지 일들이 마구 얽히고설켜 습관적인 방식으로 말할 수밖에 없는 것이다. 그러나 일단 시작하고 나면 그 뒤는 알아서 흘러간다. 이른 아침 알람 소리에 일단 몸을 일으킨 다음처럼.

#

설리는 상당히 원숙한 고양이고, 밤비는 갓 베개솜을 뭉쳐 만든 것처럼 아무것도 모른다. 그래서인지 밤비는 설리가 하는 일이라면 뭐든지 따라 하고 본다. 늙는 일과 자라는 일을 어떻게 나누어야 할지 모르겠으나 나는 설리와 밤비의 중간쯤일 것이다. 따라서 나는 밤비를 신뢰하지 않고 설리는 나를 신뢰하지 않는다. 지극히 당연한 일이다.

한번은 설리를 잃어버린 적이 있다. 지독하게 추운 날이었다. 내가 출근하면 설리도 외출하곤 했다. 현관문의 우유 구멍을 밀어 여는 방법을 터득해서 자기 마음대로 드나들었다. 고양이에게도 평일과 주말이라는 개념이 있는지는 모르겠지만 설리는 주말엔 외출하지 않았기 때문에 나는 그 사실을 굉장히 늦게 알았다.

어느 날 우유 투입구를 밀고 들어오는 설리를 목격한 다음 전화번호를 각인한 목걸이를 주문해 설리 목에 달아주었다. 이후 몇 번인가 고양이를 주웠다는 연락을 받았으나 설리는 매번 스스로 집에 돌아왔다.

아마 그래서 방심하고 있었을 것이다. 정확한 날짜까지는 기억나지 않는다. 아무튼 추운 날이었다. 눈은 세기를 바꿔가며 하루 종일 집요하게 내렸다. 그날, 그러니까 설리를 잃어버린 날, 퇴근하고 돌아오니 밤비가 야옹 울었다. 밤비는 할 말이 있을 때만 울기 때문에 좀 의아했다. 몇 번이고 되물어본 끝에 겨우 알아낸 울음의 의미는 〈설리가 집에 없어〉였다.

나는 당장 운동화를 꿰어 신고 밖으로 튀어나갔다. 고양이가 숨어들 법한 골목은 전부 쑤시고 다니며 차 밑을 뒤졌다. 온몸이 눈에 푹 젖어 오들오들 떨렸다. 그러나 어디에서도 설리는 나오지 않았다. 고양이를 발견했다는 전화도 오지 않았다. 눈 쌓인 조그만 쓰레기봉투를 볼 때마다 심장이 내려앉는 듯했다. 어디 놀러 갔다가 눈 때문에 발이 묶여버린 것일까, 혹시 다친 것은 아닐까 걱정이 되어 생각도 제대로 되지 않았다.

한참 돌아다니다 보니 처음 보는 상가 거리였다. 주변은 침몰된 것처럼 한산했다. 초저녁인데도 대부분의 가게에 불이 꺼져 있는 데다가 가로등도 듬성듬성했다. 거리를 따라 시트지로 창문을 꼭꼭 막은 술집과 오토바이 수리점, 검도장, 문구점이 꼭 잘못 난 이빨처럼 돋아 있었다. 몇몇은 아예 문을 바꿔 달고 살림집으로 쓰는지 종이를 바른 창문 너머에 뽀얀 김이 서려 있었다. 몇 군데인가 가게 연통에서 모락모락 김이 피어 올랐다. 김이 나는 주변을 유심히 살펴보며 거리를 뒤졌다. 혹시 회색 고양이를 보았느냐고 누구라도 붙잡고 묻고 싶었지만 거리에는 아무도 없었다.

어쩌면 이곳이 세상의 끝일지도 모르겠다고, 나는 그 거리 끝에서 생각했다. 눈이 많이 오는 날에만 홀연히 떠올랐다 사라지는 동네. 이곳에서 고양이를 찾을 수 없다면 어디서도 찾을 수 없는 것이다. 누구 하나 거리로 나오지 않고 해도 뜨지 않을 것이다. 언제까지나 추적추적 눈이 오는 이 거리에서 나는 잃어버린 고양이를 찾아 영원히 헤매야 할지도 모른다. 고양이 한 마리는 집에 남겨둔 채로. 정말로 이런 생각을 했다. 추위 탓이었을 것이다.

문득 몇 걸음 밖의 술집이 눈에 띄었다. 지점토를 붙여 만든 듯한 건물 지하였다. 일 층의 슈퍼마켓과 이 층 바둑 기원은 이미 오래전에 망한 것 같았지만 술집 간판에는 불이 들어와 있었다. 술이라도 마시고 열을 내자. 작은 병 하나를 사서 반은 술집에서 마시고 나머지 반은 들고 다니다가 얼어 죽기 직전에 마시는 거야. 이렇게 생각하며 건물 안으로 들어섰다. 젖은 운동화가 계단마다 이백삼십 밀리미터 크기의 얼룩을 남겼다. 지갑을 가져왔던가, 주머니를 더듬어보며 문을 열었다.

설리는 그곳에서 나를 기다리고 있던 것처럼 문을 열자마자 튀어나왔다. 따뜻한 고양이를 품에 안자 아무 생각도 없이 눈물만 흘러나왔다. 어디서 잃어버렸는지 목걸이는 없었지만 눈송이 하나 맞지 않은 것처럼 보송보송했다. 주인으로 보이는 커다란 남자가 다가와 수건을 건네주었다. 나는 감사히 받아 얼굴을 닦았다. 흐물흐물한 수건에서는 채소 냄새가 났다.

"네 고양이니?"

남자가 물었다. 그는 앞치마에 물기 하나 없는 손을 문질러 닦는 중이었다.

"가게 앞에서 울고 있길래 데려왔어. 갑자기 눈이 내리는 바람에 고립된 모양이야."

고개를 끄덕이고, 나는 조금 더 울었다. 그동안 남자는 내 옆을 지키며 서 있었다. 실컷 운 다음 따뜻한 물을 한 잔 얻어 마시고 집으로 돌아왔다. 집은 어처구니가 없을 정도로 따뜻했고, 밤비는 침대 한가운데를 차지한 채 쿨쿨 자고 있었다. 더 이상 씨름할 기력이 없어 옷을 전부 벗어버리고 침대로 파고들어 뜨끈뜨끈한 고양이 두 마리와 한데 엉겨서 잤다.

#

설리가 드나들던 우유 구멍은 이튿날 사람을 불러다 막아버렸다. 내가 있는 주말에만 현관 앞에서 일광욕을 하는 것으로 규칙을 바꾸었다. 한동안 나를 볼 때마다 문을 열어달라고 징징 울어댔지만 설리도 곧 포기한 듯 얌전해졌다. 그러나 착각이었다. 알고 보니 설리는 창문을 여는 방법을 스스로 터득해 이번엔 그쪽으로 드나들고 있었던 것이다. 한숨이 나올 만큼 똑똑한 고양이다. 분명히 나보다 똑똑할 것이다.

아무튼 내가 말하고자 한 것은, 조의 술집을 찾

은 경위다.

#

그 술집에 대해 말하자면 궁색하다는 표현 외에는 적절한 것이 없다. 곰팡내 나는 반지하에, 비가 오면 바닥에 물이 찬다. 테이블은 제대로 닦지 않아서 늘 끈적거린다. 화장실을 쓴 사람들은 큰 충격을 받고 도망쳐 다시 오지 않는다. 구조는 꼭 버려진 기차의 식당 칸 같다. 추리소설의 배경 같은 멋진 기차 말고, 정말로 어딘가에서 어딘가로 이동하기 위해 할 수 없이 타는 그런 기차의 식당 칸. 백작도 남작 부인도 이런 곳에서는 죽지 않을 것이다. 어쩌면 시계공도.

게다가 술이라곤 맥주 두 종류뿐이다. 카스와 버드와이저. 차례로 찾아온 영업 사원 두 명과 계약하고 그 뒤로는 전부 내쫓아버렸다고 했다. 대체 왜?

"맥주 두 병만 팔아도 올 놈은 다 오지."

물어볼 때마다 조는 이렇게 대답한다.

조는 유난히 몸집이 커다란 남자로, 나와 나란히 서면 꼭 거대한 감자 자루와 한 망에 이천 원쯤 하는 양파망처럼 보인다. 물론 내가 양파망, 그가 감자 자루다. 양파 서너 개와 감자 백 개. 카레를 끓이기에 그리 좋은 조합은 아니다.

처음에는 당연히 서른다섯쯤 되었으리라 생각했는데, 알고 보니 나와 다섯 살밖에 차이 나지 않았다. 뒤로 바짝 당겨 묶은 긴 머리와 북슬북슬한 수염 탓에 착각한 것이었다. 그 외에도 그에게는 오해의 소지가 있는 습관이나 특징이 몇 개 있었다. 예컨대 나는 한동안 그가 중국인일 것이라고 생각했고, 그다음에는 게이일 것이라고 생각했다. 전자는 깔끔하게 결론이 났지만(그는 한국인이다), 후자는 여전히 유효한 의심이다. 조에게는 뭐랄까 초연한 구석이 있다. 내 생각에 여자를 좋아하는 남자들은 대체로 초연하지 못하다. 그러나 그는 좀 다르다. 저 두 가지 의심에 대해 말했을 때 그는 왜 자신을 중국인이라고 생각했느냐고만 물었다. 참고로 그 이유는 조가 늘 체크무늬 셔츠를 입기 때문이다. 내겐 중국인은 모두 체크무늬를 좋아한다는 편견이 있다. 세상에 체크무늬는 중국인만큼이나 많고, 중국인은 필연적으로 적어도 하나의 체크무늬를 좋아하게 된다(이것은 사실 후자에 대한 설명과도 동일하다). 내 설명을 들은 조는 체크무늬 옷은 이제 절대로 입지 않겠다고 선언했다. 곧 그 선언을 까맣게 잊고 다시 체크무늬 셔츠를 입기 시작했지만.

아무튼 조의 술집은 변변찮다. 거듭 강조해도 모자랄 정도로 변변찮다. 조와 마주칠 때마다 네 술집은 변변찮은 곳이라고 분명히 말해주고 있으나 개선의 여지는 없다. 애초에 두 종류 맥주만 팔겠다는 발상이 문제다. 다행인 점은 그의 술집에서 위스키나 브랜디를 찾는 사람은 없다는 것이다. 위스키나 브랜디를 찾는 사람은 조의 술집에 오지 않는다. 굳이 주문한다면 편의점에서 갓 가져온 조니워커 정도는 마실 수 있을 것이다. 물론 직접 가져와야 한다.

메리트 없는 그 술집을 찾는 사람들은 대체로 말 없는 아저씨들이다. 말 없는 아저씨들은 자기네들끼리도 잘 뭉치지 못하는지 술집은 사람이 가장 많은 날에도 조용하다. 조는 심심풀이로 양파 껍질을 벗겨 카레집에 납품하는 아르바이트를 한다. 가게의 매출보다 아르바이트로 번 돈이 더 많다고 알고 있다. 스피커도, 텔레비전도 살 돈이 없다면서 가게를 조용하게 내버려 둔다. 손님들은 모두 늙고 지쳐 귀소본능만 남은 비둘기들처럼 평화로운 적막 속에 술잔을 비우고 얌전히 돌아간다.

(지금 생각해보니 딱 한 사람, 조의 술집에서 조니워커를 주문한 남자가 있었다. 두 종류의 맥주밖에 없다고 하자, 그는 행패를 부리거나 하지 않고 조용히 맥주를 두 잔 마시고 돌아갔다. 한 잔은 카스, 한 잔은 버드와이저. 그가 떠난 자리 밑에는 마치 비가 온 것처럼 물이 흥건하게 고여 있었다. 비도 눈도 오지 않은 날이었다.)

#

"피곤해, 피곤해."

같은 말을 두 번 반복하는 것은 조의 말버릇이다. 문제는 그가 남들에게도 똑같이 같은 말을 두 번 반복하게 한다는 것이었다.

"아무것도 안 하면서 뭐가 피곤해?"

"뭐라고?"

나는 책장을 덮고 순간 이마로 번쩍 떠오른 짜증을 억누르며 다시 물었다.

"아무것도 안 하면서 뭐가 피곤하냐고."

이런 식이다.

"아무것도 안 하니까 피곤한 거라구. 뭔가 하고 있

다면 피곤할 틈도 없어."

"양파나 까."

"양파는 이제 질렸어."

조는 자신의 두툼한 손바닥을 펼쳐 손금을 들여다보더니 입을 삐죽 내밀며 의외라는 표정을 지었다. 대체 손바닥에 새삼스러울 것이 뭐가 있을지. 아마 그냥 그런 표정이 짓고 싶었을 것이다. 내게도 이따금 손금을 봐주겠다며 손바닥을 펼쳐보라 하고는 제대로 보지도 않고 멋대로 떠들어대곤 했으니까. 지난번과는 영 다른 소리를 지껄여 지적하면 뻔뻔스럽게도 손금이 변했다고 말했다. 손을 매일 쥐었다 펴니까 손금도 달라진다는 논리였다. 그럭저럭 맞는 이야기인지도 모른다.

나는 조에게 맥주 한 잔을 더 달라고 했다. 튀긴 마카로니 한 접시와 새로 따른 맥주가 기다렸다는 듯 앞에 놓였다. 조도 카운터에서 나와 내 옆에 앉았다. 멀찍이 앉으라고 말했지만 들으려 하지 않았다. 이 미터는 될 것 같은 남자가 콧노래를 흥얼거리며 맥주를 들이켜는 것은 몹시 신경을 거스르는 광경인지라 좀 짜증이 났다. 게다가 오늘의 안주는 믹스넛 한 움큼이었다. 될 수 있는 대로 조용히 먹겠다면서 조는 땅콩을 와작와작 씹었다.

"나는 몸집이 커서 조금만 움직여도 부산스러워 보이는 것뿐이야."

조가 말했다. 나름대로 논리가 있어 더 이상 할 말이 없었다.

"그런데 뭘 읽어?"

조가 물었다. 말없이 책을 뒤집어 제목을 보여주었다.

"'기후와 역사'가 대체 무슨 상관이지?"

"기후가 인류의 역사를 어떻게 바꾸었는가."

"기후가 뭘 할 수 있는데?"

"가뭄이 들고, 메뚜기 떼가 찾아오고, 화산이 터지고, 지진이 나면 기근이 찾아오거나 전염병이 돌아. 그럼 할 수 없이 역사도 흘러가던 방향에서 벗어나게 되지. 사람은 사실 바람의 방향대로 살아."

"메뚜기도 기후로 쳐주나?"

조가 물었다. 잘 모르겠다는 뜻으로 어깨를 으쓱하자 그는 북유럽 신처럼 맥주를 벌컥벌컥 들이켰다. 미처 목으로 넘어가지 못한 맥주가 잔에 낮게 깔렸다.

그것은 왠지 시럽처럼 농밀해 보였다. 훔친 지갑을 구경하듯 잔에 남은 맥주를 꼼꼼히 바라보다가, 이제 질렸다는 듯이 조가 물었다.

"예를 하나 들어줘."

나는 책장을 덮고 기억을 더듬었다(어째서인지 원하는 것을 분명히 말하는 상대에게는 늘 순순히 응하게 된다). 금세 좋은 예가 하나 떠올랐다.

"인도네시아에 화산이 하나 있었어. 인도네시아에 화산은 하나가 아니겠지만, 아무튼. 화산 이름은 탐보라. 1815년의 어느 날 화산이 폭발했어. 화산재가 대기를 향해 수직으로 솟구쳤고 기세를 이어 대기권을 탈출했어. 각도가 조금만 아래로 틀어졌더라도 그렇게 많은 화산재가 대기권을 탈출하진 못했을 거야. 하지만 1815년의 탐보라는 그런 화산이었어."

"세상엔 여러 가지 화산이 있더라고."

"성층권으로 올라간 화산재는 오랫동안 그 자리에 머물렀어. 성층권엔 대류 현상이 일어나지 않거든. 말하자면 아주 안정된 상태라는 거야. 누가 부채질이라도 해주지 않으면 화산재고 뭐고 딱 박힌 것처럼 늘 그 자리에 있지. 화산재한텐 좋은 일이었을지도 모르겠지만 사람들에겐 아니었어. 특히 유럽 사람들에겐 재앙이었어. 화산재가 유럽 상공에 고정돼버렸으니까. 성층권의 화산재가 태양을 가리자 이삭이 여물지 않았고 당연히 추수도 할 수 없었어. 그다음 해도, 그 다음다음 해도 똑같았지만 성층권까지 올라가 화산재를 치울 수 있는 사람은 없었고, 기근은 계속됐어. 나중에 그 시기를 돌아보고 사람들은 '그린이어'라는 이름을 붙여주었어. 추수할 곡식이 없으니 말이나 소가 먹을 사료도 건초도 부족했어. 하지만 기근이 끝나면 다시 함께 밭을 갈아야 하니까 죽일 수도 없었지. 그래서 배급량을 줄이는 대신 운동량도 줄였어. 타고 다닐 가축이 없어지자 그다음에 자전거가 발명되었어."

"대단한데."

조는 입을 둥글게 모으고 짧게 바람을 불었다.

"기근이 계속 이어지자 영유아 사망률이 증가했어. 제대로 먹지를 못하니 면역력이 낮아지고 전염병도 돌았지. 임산부는 사산아를 낳았고 유럽은 절망에 빠졌어. 작가 메리 셸리도 예외는 아니었어. 그는 그 시기에 여러 번 유산을 겪었어. 프랑켄슈타인을 고안해낸 것은 아마 우연이 아니었을 거야. 죽음에서 돌아온 존재, 프랑켄슈타인. 죽음에 질릴 대로 질려 있던 유럽인들은 곧바로 그 이야기에 열광했어. 그런데 정작 메리 셸리 본인은 저작권 문제로 별 이익을 취하지 못했다고 해. 아무도 프랑켄슈타인에 대해 이야기할 때 화산까지 얘기하진 않지만, 이게 그 탄생 비화야."

나는 말을 마치고 맥주를 한 모금 마셨다. 맥주의 탄산이 와글와글 위로 넘어가는 것이 느껴졌다. 대답이 돌아올까 봐 잠시 기다렸지만 조는 아무 말도 없었다. 탐보라 화산에 대해 생각하고 있는 듯했다. 한데 엮어 깍지를 낀 두툼한 손가락들이 수중 생물처럼 이따금 꿈틀거렸다.

손님 하나가 들어와 맥주를 주문했다. 책을 덮고, 탄산이 다 빠져버린 맥주를 한 모금에 마신 뒤, 나는 슬슬 집으로 돌아가야겠다고 생각했다.

#

정체성은 늘, 그리고 항상 상처에 뿌리를 두게 된다.
라캉이었던가?

#

한때는 남자를 만나서 자는 것을 지상 과제로 생각한 적도 있었다. 자칭 시인이라는 남자도 하나 만나보았는데, 별건 없었다. 그는 주택 청약 통장을 갖고 있었고, 삼 년 할부로 산 미니쿠퍼 대금을 꼬박꼬박 갚았고, 무엇보다 청탁을 받아 시를 썼다. 물론 미니쿠퍼를 몬다고 시인이 아닌 것은 아니지만, 그가 추구하는 시는 미니쿠퍼와는 몇 광년쯤 거리가 있는 것이었다. 그가 쓴 시 몇 개는 요즈음에도 지하철 스크린 도어에서 볼 수 있다.

헤어지려고 며칠 동안 연락하지 않자 그는 굳이 다른 사람 번호로 내게 전화를 걸어 욕을 했다. 정말이지 시인다운 욕은 아니었다. 실컷 욕을 한 다음에는 너는 네가 되게 잘난 줄 알지? 하고 물었다. 왜 다들 내게 그렇게 묻는 걸까? 나는 시인은 아니지만 점잖게 전화를 끊었다.

지금까지 나는 열여덟 명의 남자를 만났고, 그중 대부분과 잤다. 만약 눈앞에 남자들이 한 묶음 있다면, 나는 그중에서 '반드시 나를 좋아할 남자'를 정확히 골라낼 수 있다. 자랑할 만한 특기는 아닐 수도 있겠다.

내가 지금까지 만난 남자들은 사실상 전부 같은 사람이나 다름없었다. 외모는 오히려 제각각이었지만 행동이나 말투 같은 것이 본질적으로 동일했다. 모두 필사적일 정도로 헌신적이고, 청혼을 하며, 헤어질 땐 욕을 한다. 욕마저 비슷한 것을 고른다. 내게 일종의 저주가 걸려 있어 나를 만나는 남자들은 그렇게 되어 버리는 것인지, 아니면 원래부터 그런 남자들만 골라내는 것인지는 알 수 없다. 늘 욕을 얻어먹게 되는 것을 보면 저주가 있다는 것만큼은 확실한 것 같다. 나는 언제나 친구가 없었기 때문에 많은 것들을 사귀던 남자들로부터 배웠다. 그로 인해 잘못 배운 것들도 다소 있을 것이다. 사실 내게 중요한 것은 받아들여진다는 느낌이었다.

이제는 더 이상 배울 것도 없겠다 싶은 생각이 들었을 때 연애를 그만뒀다. 내게 남은 것은 몇 개인가의 가방, 귀걸이, 티파니 앤 코의 하트 모양 목걸이, 아이패드, 사진, 샌들 하나, 겨울 코트 하나, 원피스 하나, 인테리어 일을 하던 남자가 정기 구독한 『킨포크』(취소하는 것을 잊었는지 아직까지도 내 앞으로 책이 온다)

와 그 외의 잡다한 선물들 정도였다. 적어놓고 보니 뭘 많이도 받았다 싶지만 정작 마음에 드는 선물을 받아 본 기억은 전혀 없다. 지금까지 받은 생일 선물 중 가장 마음에 드는 것은 영화관의 콤보 쿠폰이다. 그마저도 쓰는 것을 잊어 날려버렸다.

사진과 잡지는 일반 쓰레기봉투에 넣어서 버렸고, 나머지는 옷 두 벌과 신발 한 켤레만 남기고 싹 팔았다.

#

라캉이었던 것 같다.

#

내 생각에 삼월은 사람이 태어나기엔 좀 애매한 달이다. 봄이라고는 하지만 아직 춥고, 모든 것이 새 학기 중학생들처럼 어색하게 움츠러들어 있다. 하필 삼월에 태어나지 않았더라면 나의 인생도 조금은 밝고 개운한 것이 되었을까 종종 고민해보곤 한다.

게다가 나는 날이 추워지면 불면을 겪는다. 나의 반지하 집은 어째서인지 늘 춥고 나는 추위를 많이 타므로, 사실상 유월에서 구월까지를 빼면 늘 불면을 겪는 셈이다. 그럴 땐 저녁 대신 술을 마시는 것이 큰 도움이 된다. 그래서 매일 조의 술집에 간다. 간단한 안주와 책을 앞에 두고 맥주 석 잔을 마신다. 문제는 술을 마신 다음 날엔 불면도 한층 더 깊어진다는 것이다. 다음 날 잠을 미리 끌어다 쓰는 것처럼.

불면에 대해 이야기해보자면 그것 때문에 불면이 찾아올 만큼 길고 지루할지도 모르겠다. 도면을 그리고 수정하는 것은 뇌의 극히 일부분만 사용하는 일이다. 그동안 뇌의 나머지 부분은 시간을 때우며 놀고, 밤이 되면 슬슬 일어나 활동을 시작한다. 말하기로 결심했지만 하지 못했던 것들이 이때다 싶어 줄줄이 나오고, 그들끼리 붙어 늘어난다. 생각은 젠가 게임처럼 숭덩숭덩 빈 채 쌓인다. 불면이 창문을 두드린다. 젠가가 와르르 무너지면 그제야 잠들 수 있다. 그리고 다음 순간 피곤한 채로 깨어난다.

눈을 뜨면 설리와 밤비가 화분의 풀잎을 야금야금 뜯어먹고 있다. 그럼 나는 일어나 고양이 화장실을 치우고 수도꼭지를 살짝 비틀어 물을 틀어준다. 아직 떼어내지 못한 잠을 눈꺼풀에 단 채로 칫솔을 씹는다.

지하철에 몸을 밀어넣고 회사에 간다.

건축주의 변덕 때문에 이번 봄은 비정상적으로 바빴다. 일조량이 늘어나서 그런지 취향이 과감하게 바뀌었다. 그만큼 공사 규모도 커지고 비용도 올라갔으므로 회사에서는 그것을 살살 부추기는 분위기였다. 그 여파가 내 앞으로 왔을 땐 삼만오천 장 정도의 수정 도면이 되어 있었다. 겨우내 작업했던 도면들은 모두 쓰레기가 되었기 때문에 매일같이 야근을 해야 했다. 벚꽃이 피었네요, 하는 말에 고개를 드니 말라 비틀어진 철쭉이 마지막 힘을 짜내 웃고 있더라는 식으로 봄이 지나갔다. 물론 내 생일도 알아차리지 못한 사이에 지나갔다. 함께 야근하던 동료는 사계절이 있는 나라에서 태어났으니 어쩔 수 없는 것이라고 말했다. 피곤한 와중에도 불면은 끈질기게 남아 있었기 때문에, 열 시쯤 퇴근하면 나는 곧장 조의 술집으로 가 맥주 석 잔을 마시고 집으로 갔다.

#

피곤한 사람이 왜 매일 술을 마시느냐고 조는 물었다.

"잠이 안 오거든."

간단히 답한 다음 나는 맥주를 한 모금 크게 마셨다. 서둘러 잔을 비우고 집에 갈 생각이었다. 너무 늦게 귀가하면 고양이들이 울고, 다음 날 회사에 늦는다. 일상이라는 것은 도미노처럼 무너지도록 설계되어 있다. 그러나 조는 의외로 울적한 표정을 지으며 또 물었다.

"평소엔 뭘 해?"

"일."

"피곤한 만큼 많이 버나?"

나는 조금 생각해보고 대답했다.

"아니. 피로는 누적되는데 월급은 그렇지 않거든."

"술을 마시면 결과적으로 더 피곤해지는 거 아냐?"

"그래도 오늘 밤은 자야 하니까."

그는 조금 더 우울해진 표정으로 입을 다물었다. 한참 감자튀김을 집어 먹다가, 진짜로 묻고 싶었던 것은 사실 이거라는 듯이 또 물었다.

"왜 늘 혼자 와?"

나는 가느다란 감자튀김을 입에 넣으며 그 이유에 대해 생각해보았다. 아무리 고민해보아도 그럴 듯한 이유는 떠오르지 않았다. 조가 빨리 대답하라고 재촉하는 바람에 함께 올 친구가 없어서,라고 해버렸다. 그러자 조는 진지한 얼굴로 고개를 끄덕거리더니 곧 큰 소리로 웃어댔다. 혼자서 술잔을 기울이던 늙은 비둘기들이 무슨 일인가 하고 고개를 들었다.

이런 곳에 그럼 누구랑 오겠느냐고 물을걸. 집으로 돌아가던 길에 적절한 대꾸가 떠올랐다. 이런 건 꼭 나중에 가서야 생각나곤 한다.

#

아마도 대화에 병적으로 서툰 탓일 것이다. 정확히 말하자면 대답에 서툴다. 적절한 대꾸를 찾아내고, 말하지 않아야 할 내용을 점검해 잘라낸 뒤, 다시 유려하게 이어 붙여 꺼내는 일이 내겐 정말로 힘들다. 그나마 괜찮은 대답을 했다 싶을 땐 타이밍이 문제가 된다. 어떻게 사람들은 이렇게 힘든 일을 아무 생각 없이 할 수 있는지, 영원히 풀리지 않는 의문이다. 그나마 조와 이야기할 땐 좀 나은 편이다. 그에게 하지 말아야 할 말 따위는 없으니.

며칠 전 퇴근길 지하철에서는 이런 대화가 오갔다.

열 시가 넘어가던 참이었으므로 지하철은 적당히 한산했고, 내 옆에는 나의 직장 상사가 앉아 있었다. 그러나 딱히 할 말이 있는 것도 아니었고, 그도 한참 전부터 모바일을 만지작거리며 시간을 때우는 눈치였기 때문에 나는 가방에서 출퇴근용 책을 꺼내 들었다. 그가 물었다.

"세상에, 책 읽는 거야?"

"네."

"지하철에서 책 읽는 사람들 되게 멋져 보이더라. 나도 늘 읽어야 한다고 생각하기는 하는데…."

나는 적절한 대꾸를 몇 개 떠올려보고, 그중 가장 괜찮아 보이는 것을 택했다. 대답한 타이밍도 나쁘지 않았던 것 같다.

"그럼 과장님도 읽으세요."

대체 무엇이 문제였을까? 열세 정거장 뒤 그가 내릴 때까지, 지하철은 사십 분간 아무 말 없이 조용히 달렸다.

#

그 아저씨가 내 방에 나타난 것은 아마도 그날 새

벽 세 시에서 다섯 시 사이였던 것 같다.

#

아저씨를 발견한 것은 두 시간쯤 자고 일어난 새벽이었다. 억지로 눈을 뜨고 일어나 앉으니 설리와 밤비가 야옹야옹 울었다. 전날 밤까지 하던 일을 또 하러 가야 하는 참이었던지라 나도 함께 울고 싶었다. 잠을 거의 못 잔 날이었다. 출근하는 길에 차에 가볍게 받힌다면 좋을 텐데. 순조로이 회복할 순 있지만 도저히 일은 할 수 없을 정도로만. 이렇게 생각하며 고양이를 안아 드는 찰나 기묘한 그림자가 눈에 잡혔다. 침대 건너편 모서리에 무언가가 서 있었다.

창밖에서 노란 가로등 빛이 스며들었다. 눈이 점차 어둠에 익숙해지고, 주변 사물의 윤곽이 또렷해졌다. 아무리 보아도 그것은 사람이었다. 마른 체격의 남자. 외모의 세세한 특징까지는 분간되지 않았지만 몸의 선으로 보아 아주 젊지는 않을 듯했다.

나는 소리를 지르고 싶은 것을 가까스로 참고 양팔에 한 마리씩 고양이를 끼웠다. 침대 밖으로 천천히 미끄러져 나가 소리 없이 바닥에 발을 붙이고 섰다. 그림자는 움직이지 않았다. 숨을 짧게 들이마시고, 재빨리 방을 빠져나간 다음 밖에서 문을 닫았다. 고양이를 내려놓고 빨래 바구니에서 옷을 잡히는 대로 집어 현관 밖으로 나갔다. 안쪽에서는 아무런 기척도 없었다. 잠시 기다려보았지만 마찬가지였다. 현관 밖으로 따라 나온 설리와 밤비가 느긋하게 울었다. 그것으로 혼란스러운 기분이 약간 진정되었다.

급한 대로 설리와 밤비를 조의 술집에 데려다 두고 그곳에서 옷을 갈아입은 다음 회사로 출근했다. 가는 길에 전화로 경찰에 신고했다. 파출소에서 연락이 온 것은 오전 아홉 시가 조금 넘어서였다. 집에 들어가 보았지만 아무도 없었노라고, 문은 그대로 열어두고 왔으니 주인집에 연락해 잠그든지 하라고. 나는 고맙다고 말하고 전화를 끊었다.

그러나 그날 밤, 퇴근하고 조의 술집에 들러 설리와 밤비를 데리고 집으로 돌아갔을 때에도 아저씨는 그 자리에 그대로 서 있었다.

#

내겐 무슨 일이든 마음대로 되지 않으면 곧바로

절망해버리는 습관이 있다. 일부러 그러는 것이 아니라 어쩔 수 없이 그렇게 되는 것이다. 사소한 실패에도 어김없이, 아니 사소한 실패일수록 더 절망한다. 제대로 생각할 수 있을 만큼 회복되려면 시간이 많이 걸린다.

아저씨를 보자마자 나는 바닥에 주저앉았다. 온몸의 힘이 다 빠져나가 너덜너덜한 느낌이었다. 시간은 무딘 가위로 잘라낸 것처럼 멍하니 흘렀다. 아저씨는 커녕 넥타이 하나 떨어져 있지 않았다는 경찰의 말이 떠올랐다. 그러나 아저씨는 여전히 내 방에 서 있었다. 아침과 비교해 하나도 달라지지 않은 자세로. 심지어 먼지가 조금 앉은 것도 같았다.

거의 사무적으로 보일 만큼 지극히 평범한 무표정. 몸에 잘 맞지 않는, 오랫동안 그 옷 한 벌만 입은 듯한 양복 차림. 거칠고 뻣뻣한 피부와 눈 밑이 약간 늘어진 얼굴. 한쪽으로 치우친 가르마와 기묘한 광택이 도는 새 와이셔츠. 나이는 대략 사십 대 후반에서 오십 대 초반일까, 움푹 팬 볼이 만성적인 비타민D 부족에 시달리는 학원 강사 같은 인상을 준다. 어디서나 볼 수 있을 법한 그런 아저씨.

도대체 왜 여기 서 있는 것이냐고, 나는 조그맣게

물어보았다. 그러나 그는 아무 대답도 해주지 않았다. 미처 벽에서 다 나오지 못한 듯한 자세로 모퉁이에 딱 붙어 있을 뿐이었다. 아저씨의 초점 없는 눈은 깜박이지도, 움직이지도 않았다. 다시 신고하지 않을 테니 나가주면 안 되겠느냐고 말했지만 빈 휴지갑에 입을 대고 외치는 듯했다. 겨우 용기를 내어 뒤져본 재킷과 바지 주머니에서는 지갑이나 모바일 대신 먼지만 조금 나왔다. 나는 다시금 절망해 제자리에 앉았다. 지갑 없는 사람이란 이렇게 불가사의한 것이구나. 작게 한숨을 쉬고 고개를 저었다. 한숨 소리에 깜짝 놀란 설리와 밤비가 다가와 내 옆에 앉았다. 어쩌면 사람이 아닐 수도 있어. 나는 설리에게 말해보았다.

어쩌면 사람이 아닐 수도 있어. 가슴팍을 열어보면 건전지 들어가는 구멍이 다소곳이 나 있을 수도 있잖아. 진짜 사람처럼 만든, 정교한 로봇일 수도 있어. 그렇지 않으리라는 법은 없어. 그러나 설리는 동의하지 않는 듯했다. 정교한 아저씨 로봇과 그냥 아저씨 중에 내 방에 있을 법한 쪽은 차라리 후자겠지. 나도 그 정도는 알고 있었다.

바닥에 앉은 채로 아저씨의 발목을 움켜잡았다.

발목은 거칠고, 가늘고, 미지근했다. 아주 먼 곳에서 뛰는 것처럼 미약한 맥박이 천천히 전해졌다. 어쩌면 기계음처럼도 느껴졌다. 아저씨를 올려다보았으나 그의 눈은 여전히 초점 없이 허공을 향해 있었다. 나는 그냥 나중에 생각하기로 했다. 만에 하나를 대비해 부엌에서 칼을 가져와 베개 밑에 놓았다. 움직일 것 같지는 않았지만, 청테이프를 찾아다 그를 벽에 고정했다. 무심코 확인한 달력에는 '입하立夏'라고 적혀 있었다. 공식적으로 봄이 종료된 셈이었다.

#

입하를 기점으로 거짓말처럼 날이 더워졌고, 매일같이 비가 내렸다. 비가 내리니 할 일이 없어져 나는 아주 한가해졌다. 건물을 짓는 일이란 늘 그런 식이다. 나는 책상 앞에 앉아 컴퓨터 화면 안에 선이나 긋고 있지만 비가 내리고 땅이 젖으면 공사를 할 수 없다. 정말로 중요한 것들은 이렇듯 날씨의 영향을 받는다.

회사에서는 이때 얼른 휴가를 다녀오라며 등을 떠밀었다. 딱히 할 일은 없었으나 아직도 연차가 좀 남아 있었으므로 주말을 껴서 나흘간 쉬기로 했다. 그러자 과장이 커피를 마시자며 불렀다. 그의 손이 불쑥 청첩장을 내밀었다.

"이번 주 일요일이야. 저번에 준다는 걸 깜박 잊었어. 휴가 간다니까 이제야 생각나네."

나는 청첩장을 받아 앞뒤로 뒤집어보았다. 과장의 눈이 청첩장을 따라 움직였다가 다시 위로 올라붙었다.

"너무 늦게 줘서 미안해. 다른 사람들은 기회가 돼서 저번 주에 줬는데 한번 타이밍을 놓치니까 도저히 틈이 안 나더라고. 요즘 통 정신이 없었잖아."

"네." 나는 커피를 한 모금 마셨다. "괜찮아요. 어차피 휴가니까."

"그럼 다행이고. 그나저나 요즘 정말 바빴지. 대충 마무리되니까 숨통이 좀 트이네."

"일이 많아서요."

"회사가 체계가 없어서 그래. 닥치는 대로 일을 벌이니 사원들만 죽어나는 거지 뭐."

나는 입꼬리를 꾹 누르고 어깨를 으쓱했다. 카페 안을 곁눈질로 둘러본 다음 과장이 작은 목소리로 말했다.

"자기한테만 말하는 건데, 곧 회사에 구조 조정이 있을 거야. 회사 규모가 커져서 건축 팀이랑 인테리어 팀이 분리될 예정이거든. 지금 캐드 팀 인원이 자기까지 여섯 명이지?"

그렇다는 의미로 나는 고개를 끄덕였다.

"우리처럼 조그만 회사에는 여섯 명이나 있을 필요가 전혀 없거든. 사람이 부족하다니까 무턱대고 계속 충원하다가 이렇게 된 거지. 그런데 문제는 체계야. 체계가 없으니까 일이 중구난방이잖아. 일단 캐드 팀이라고는 부르지만, 딱히 팀장이 있는 것도 아니고. 이 사람이 시키면 이 일 하다가, 저 사람이 시키면 저 일 하고. 아무튼 이 문제로 예전부터 말이 많았어. 그래서 건축 팀이랑 인테리어 팀이 분리되면 네 명만 정직원으로 전환하고 바쁜 시기엔 대학생 아르바이트를 뽑는 방향으로 갈 것 같아."

나는 고개를 끄덕이며 과장의 말을 듣고 있었다.

"아무래도 연차순으로 따져서, 민정 씨랑 지영 씨가 나가게 될 거야. 어차피 민정 씨는 좋은 대학 나왔고 아르바이트나 다름없었으니 그나마 괜찮겠지. 지영 씨가 안됐어. 빨리 재취업을 하든가 해야 할 테니까 그

둘한테만 미리 말해주려고. 아무튼 자기도 알고 있어. 다른 사람들한테는 말하지 말고."

커피를 다 마신 다음, 과장은 우체국에 들렀다 오겠다며 먼저 일어났다.

#

나흘간의 휴가 중 첫날은 내리 잠만 잤고, 둘째 날엔 청소를 했다. 눅눅해진 이불을 빨고, 지나가던 고양이를 붙잡아 발톱을 깎아주고, 예전부터 벽에 붙어 있던 포스트잇도 떼서 버렸다. 아저씨 머리 위의 먼지를 털기도 했다. 그는 시절 좋을 때 산 오디오처럼 그 자리에 서 있었다. 모든 생체 활동을 절전으로 맞춰두었는지 딱히 먹거나 마시지도 않는 것 같았다. 어느새 아저씨한테 익숙해진 고양이들은 그를 가구 취급하기 시작했다.

청소를 다 하고 나니 할 일이 없었다. 시간의 손을 놓친 미아처럼, 나는 휴가 한복판에 덩그러니 남겨졌다. 무얼 할까 생각해보다가 일단 도서관에 가기로 했다. 책을 몇 권 빌려다가 조의 술집에서 맥주를 마시며 읽어야지.

도서관에 가는 일은 익숙하다. 내가 읽고 자란 책들은 대부분 빌리거나 주워 온 것들이었다. 아버지와 둘이 살던 아파트는 거의 버려진 상태였다. 입주민은 적었고, 한번 고장난 전등은 다시 고쳐지지 않았다. 애초에 아버지가 일하던 빵 공장도 슬슬 망해가던 중이었으니 어쩔 수 없었으리라. 플라스틱과 영원히 깜박이는 가로등과 이따금씩 이유도 모르고 질러대는 누군가의 고함이 아파트를 둘러싸고 있었다. 이웃들은 그 아파트 주차장을 쓰레기장으로 썼다. 가끔은 노끈으로 묶은 책이 몇 덩이 놓여 있기도 했다.

나는 그런 책들을 줍는 일에도 익숙했다. 어느 날 발견한 한 묶음의 책은 제법 상태가 좋았다(그런 일은 드물다). 메모도, 낙서도 없었고 표지도 거의 바래지 않은 것이었다. 과연 펼쳐보기는 했을까 의심스러울 정도로 깨끗한 것도 있었다. 잘 살펴보니 모서리가 부드럽게 닳아 있었다. 플래너리 오코너와 한나 아렌트와 헤밍웨이와 괴테와 피츠제럴드와 나는 그렇게 만났다.

그때가 열한 살쯤이었으므로, 나는 그들이 모두 다른 사람이라는 사실을 나중에야 깨달았다. 처음에는 같은 사람이 말투를 바꿔 다른 이야기를 하는 줄로

만 알았다. 내용은 거의 이해하지 못했지만 그냥 씹어 삼키듯 읽었다. 책으로부터 배울 수 있는 것도 있었고 없는 것도 있었다. 배울 수 있는 것들은 대부분 실생활엔 적용할 수 없는 것들이었다. 하지만 당장 무언가를 배우기 위해 책을 펼쳤던 것은 아니었기에, 나는 무작정 문장들을 따라가며 자랐다. 길을 잃은 줄도 모르는 미아처럼.

책을 읽는 동안에는 아무 생각도 하지 않을 수 있었다. 조에게 이렇게 말한다면 어린애가 대체 무슨 생각을 하겠느냐고 되물을 것이다. 하지만 앞서 말한 것처럼, 나는 유년기를 기억하지 못한다. 어머니와 마찬가지로, 유년기가 있었다는 사실 또한 대강 지어내 납득한 것이다. 책을 읽고 있노라면 눈에 보이지 않는 것 중에도 살아 숨 쉬는 것이 있다는 느낌이 들었다. 잘 짜여진 세계가 늘 변치 않는 모습으로 나를 기다리고 있으리라는 확신도 들었다. 책을 읽는 동안에는 그러한 세계의 편린을 손에 쥘 수 있었다.

그 감각은 지금의 내게도 아주 소중하다. 살면서 책을 좋아한다는 사람들은 종종 만나보았으나, 나처럼 절실하게 읽는 사람은 본 적이 없다. 나 같은 경우엔 활자가 없으면 살 수 없다. 책이 없거나 책을 읽을 만한 시간이 없을 땐 전단지라도 읽어야 숨을 쉴 수 있다. 스스로 깨달아 적립한 첫 번째 지식도 책에 관한 것이었다. 책등에 주름이 생기지 않도록 잘 받치고 볼 것, 이물질이 묻은 손으로 만지지 않을 것, 무심코 눌러 펼친 자국은 결코 원래대로 돌아오지 않으니 조심할 것. 책으로 배운 일이지만 책에 적혀 있던 것은 아니었다.

어떤 책은 사고, 또 어떤 책은 사지 말아야 할지 결정할 수 없으므로 책은 모두 빌려다 읽는다. 이사를 하면 가까운 도서관을 체크한다. 빌린 책은 최대한 깨끗이 읽고 기한 안에 반납한다. 연필로 그은 밑줄을 발견하면 지우개로 지워둔다. 접힌 귀퉁이도 펼쳐둔다. 같은 책을 또 읽을 때도 있으므로 아주 유용한 습관이다.

#

"우리 집에도 그런 아저씨 하나 있으면 좋겠는데."

조가 말했다. 좋은 룸메이트는 아니라고 중얼거리며 나는 감자 샐러드를 작은 포크로 떠 먹었다.

기분이 좋은지 조는 평소보다 조금 더 마시는 눈치였다. 나도 왠지 기분이 좋아 평소보다 조금 더 마셨다. 생각해보니 기분이 좋지 않을 이유가 없었다. 막 여름이 시작되었고, 강제로나마 휴가도 얻었으며, 잠도 잘 자게 되었다. 마침내 일상으로 되돌아온 참이었다. 고양이 밥을 주고 나갔다가 맥주를 마시고 돌아오는 삶으로.

조는 갑자기 못마땅하다는 표정을 짓더니 물었다.

"그 아저씨 뭔가 먹거나 마시지는 않아? 화장실도 안 가고?"

"적어도 내가 있을 땐. 냉장고의 음식도 줄어들지 않고 싱크대나 욕실의 수도꼭지를 쓴 흔적도 없어. 하지만 또 모르지, 내가 치운 고양이 화장실에 고양이 것이 아닌 게 섞여 있었을지도."

나는 이렇게 말하곤 얼굴을 잔뜩 찌푸렸다. 세상에서 가장 재미있는 것을 봤다는 듯이 조가 깔깔 웃었다. 손에 쥐고 먹던 믹스넛을 하나 입에 넣어주었다. 캐슈넛이었다.

"경찰에 신고하지 않을 거야?"

"이미 해봤어."

"그런데?"

"경찰이 와서 봤을 땐 아저씨가 없었어."

"매번?"

"아니," 나는 고개를 저었다. "한 번밖에 신고하지 않았는데."

"한 번밖에 신고하지 않았다고?"

"응."

"어째서?"

"글쎄."

"경찰이 왔을 때만 잠시 숨어 있었을 테지. 보기보다 영악한 아저씨로군."

"그럴지도 모르겠네."

"다시 신고하지 않을 거야?"

"모르겠어."

"사실 그 아저씨가 마음에 드는 거지?"

"뭐?"

"마음속 깊은 곳에서는 떠나지 않았으면 싶은 거야. 죽은 오빠를 닮았다거나, 뭐 그런 이유로."

"죽은 오빠는 없어. 죽은 아버지는 있지만."

"그럼 죽은 아버지를 닮았나?"

나는 곰곰 생각해보다 고개를 저었다. 아니, 전혀 닮지 않았다. 굳이 말하자면 아예 다른 얼굴이다. 내 아버지는 그 아저씨보다 키도 작고, 얼굴이 좀 더 둥그렇고, 까무잡잡하고, 눈이나 코 모양도 다르고… 아니, 됐다. 굳이 설명할 필요는 없을 것이다. 설명은 그만두고 계속 고개나 흔들기로 했다.

"좀 무섭지 않아?"

조가 물었다.

"처음에는 무서웠는데 이젠 별로. 무언가 나쁜 짓을 하려고 했다면 벌써 했겠지. 이제 와서 할 수 있는 나쁜 짓도 없어."

"방심한 사이에 네 전 재산을 들고 사라질지도 몰라."

"전 재산이라고 해봐야 별거 없어. 돈도 모두 허공에 숫자로만 찍혀 있고."

"고양이를 죽인다거나."

"과연 설리랑 밤비를 죽일 수 있을까? 나보다 똑똑한 데다가 굉장히 빠른데."

"그럼 널 죽인다거나. 네가 잠든 사이에."

글쎄, 나는 어깨를 으쓱 올렸다. 잠든 사이에 죽

음을 맞는 내 모습을 상상하며 맥주를 한 모금 마셨다. 조도 자기 잔을 들었다. 목의 구조가 좀 특별한 것인지 맥주 넘어가는 속도가 남달랐다. 조가 마시는 모습을 보기만 해도 더위가 한 발 물러나는 듯한 기분이 든다. 가게 앞에 나가 맥주를 마시고 있으면 장사가 좀 더 잘될지도 모른다.

빌려 온 책 중 하나를 집어 몇 페이지쯤 읽다 다시 덮었다. 취기 탓인지 활자가 종이에서 분리되어 둥둥 떠다니는 듯했다. 조는 잔을 깨끗이 비우고 카운터 뒤로 손을 뻗어 또 한 잔을 채웠다. 가게의 맥주 기계는 카운터에 앉은 채로 술을 따를 수 있도록 아예 바깥쪽으로 돌려놓은 채였다. 연한 금빛의 액체와 그 위에 이는 흰 거품에 시선을 빼앗긴 사이 등 뒤에서 종소리가 울렸다. 돌아보니 가게 안에 남아 있던 마지막 손님이 문을 열고 나간 것이었다. 나는 조금 의아하다고 생각하며 고개를 갸웃했다. 계산은 하지 않는 걸까?

"저 사람은 외상으로 마셔. 그럼 내가 일일이 기억해두었다가 일주일에 한 번씩 계산하지."

조는 별일 아니라는 듯 설명했다.

"나도 그렇게 할까."

"너는 그럴 필요 없잖아. 저 사람은 일주일에 한 번만 돈이 생겨서 어쩔 수 없어."

"무슨 일을 하길래 일주일에 한 번만 돈이 생기지?"

내가 물었다.

"글쎄. 잘 모르겠지만 세상에는 여러 가지 직업이 있잖아. 개중에는 일주일에 한 번만 돈이 생기는 직업도 있나 보지. 예를 들면 매주 금요일마다 역 앞에서 복권을 판다거나."

"목요일에는 팔지 않고?"

"월요일부터 목요일까지는 복권을 만들어야 하니까. 뻔한 이야기야."

뻔한 이야기라. 나는 맥주를 마시며 웃었다. 농담이 통한 게 기쁜 듯 조도 함께 웃었다. 그러면서 세상엔 여러 가지 직업이 있다고 말했다.

"이를테면?"

"스타벅스에서 일하는 사람이 있는가 하면 빗자루를 만드는 사람도 있지. 원자력 발전소를 설계하거나, 공장에서 에어컨을 조립하는 사람도 있고, 또 그것을 설치하러 다니는 사람도 있지."

"네가 해본 일이야?"

내가 물었다.

"원자로를 설계해봤느냐고? 아니. 빗자루를 만들어본 적도, 에어컨을 조립하거나 설치해본 적도 없어. 물론 스타벅스에서 일한 적도. 그저 예일 뿐이야."

"그럼?"

"그럼?"

"그럼 무슨 일을 해보았느냐고."

"지금은 서울 변두리에서 장사가 잘되지 않는 조그만 술집을 열심히 꾸려나가고 있지."

"열심히?"

나는 눈을 동그랗게 뜨고 물었다. 조도 마찬가지로 눈을 동그랗게 떴다가 킬킬 웃었다. 맥주로 입안을 적시고, 조금 작은 목소리로 덧붙였다.

"나는 아무것도 안 해봤어."

그렇게 말하는 조의 얼굴 위엔 어쩐지 남의 것 같은 표정이 떠올라 있었다. 쓸쓸한 얼굴이었다. 나는 그의 옆얼굴을 잠시 바라보다가 맥주를 조금 마시고 말했다.

"나는 스타벅스에서 일해봤어."

"언제?"

"재작년까지. 일 년 정도. 스타벅스에서 쓰던 이름은 릴리였어."

"릴리." 조가 그것을 외워두려는 듯 발음했다. "어쩌다 스타벅스에서 일하게 된 거야?"

"서울에 와서는 계속 아르바이트로 먹고살았는데, 거기가 돈을 많이 준다는 말을 어디서 들었거든. 그런데 별로 많이 주지는 않았어."

"서울에 와서는 계속 아르바이트로 먹고살았다."

조는 이것도 외워두려는 듯 반복해 말했다.

"그래. 아르바이트로 먹고살았어."

"그럼 서울에 오기 전에는?"

"고등학생이었어."

"아르바이트로 먹고살지 않는 평범한 고등학생?"

평범한 고등학생이 무엇인지 명확히 알 수 없었기 때문에, 나는 대답 대신 애매한 소리를 냈다. 그러나 조는 제대로 대답하라면서 믹스넛을 툭 던졌다.

"아르바이트는 하지 않았어. 시에서 주는 보조금이랑 유산을 아껴서 살았기 때문에 아르바이트를 할 수가 없었어. 아르바이트를 하면 보조금이 끊겼거든."

"흐음."

"아르바이트로 먹고사는 고등학생은 아니었어."

"스타벅스는 어땠어?"

"거지 같았어. 월급도 적고, 일하는 시간은 불규칙하고, 매달 바뀌는 메뉴 레시피를 외워서 시험 치는 것도 싫었어. 백화점 근처 매장에서 일했는데 매번 길을 헷갈려서 반대편 출구로 나왔지. 커피를 마시러 오는 모든 사람들이 나를 싫어하는 것 같았고, 실제로도 조금만 잘못하면 서면으로 즉각 항의가 날아왔어."

"좋았던 점은 없어?"

"하루에 두 잔씩 커피를 줬는데 그건 꽤 좋았어. 바나나랑 우유에 이것저것 섞어서 갈아버린 다음 식사 대용으로 마셨거든. 그땐 거의 모든 끼니를 액체로 해결했어."

"유용했던 것 말고, 좋았던 것."

"뭐가 어떻게 다른 건데?"

"예컨대 일은 힘들었지만, 함께 일하는 사람들은 좋았다거나."

"모르겠는데. 지금 생각해보니 그만두는 순간까

지 그 일에 적응하지 못했던 것 같아."

"그래서 그만둔 거야?"

"아니, 그런 건 아냐. 나름대로 잘 해내고 있었다고 생각해."

"잘 해냈다."

"응. 동료들과는 대체로 잘 지냈고, 이따금 함께 술도 마셨어. 달마다 새 레시피나 행사 내용을 외우는 건 싫었지만 어렵지도 않았어. 그리고 나는 언제나 미움을 사는 편이거든. 항의쯤이야 아무렇지도 않았지."

"그런데 왜 그만뒀어?"

글쎄, 하고 얼버무렸지만 조는 집요하게 추궁했다.

"싫어하는 말을 들어서."

"어떤 말을 들었길래?"

"기억 안 나."

"그럴 리가 없잖아. 잘 다니던 직장을 그만둘 정도로 싫어하는 말인데."

나는 감자 샐러드를 한 입 먹었다. 그리고 우물우물 소리를 섞어 대답했다.

"좋겠다고."

"뭐가?"

"똑똑해서."

조는 까마귀처럼 길게 웃었다.

릴리는 똑똑해서 좋겠다고, 어느 날 점장이 말하지만 않았더라면 나는 조금 더 버틸 수도 있었을 것이다. 술에 취해 불콰해진 얼굴로 빙글빙글 웃으며 점장은 그렇게 말했다. 내 생각에 그 여자는 나를 싫어했다. 뭐라고 대답했는지는 기억나지 않는다. 어차피 다들 술에 취해 있었고, 대답을 기대하고 묻는 질문도 아니었다.

나를 싫어하는 사람들은 하나같이 비슷한 말을 한다. 헤어진 남자들도 그렇게 말했다. 어째서 그런 말을 듣게 되는지는 모르겠다. 누가 봐도 나는 잘나고 똑똑한 사람이 아닌데. 한때는 내가 아니라면 괜찮을까 싶어 연기를 해보기도 했다. 다른 사람들이 쓰는 말투를 흉내 내고, 행동을 따라 했다. 꽤 성공적인 것 같았으나, 결국 점장은 그렇게 말했다. 아마 말투나 행동이 문제는 아니었던 모양이다.

"그 말이 싫어?"

한참 웃던 것을 추스르며 조가 물었다.

"응."

"그렇게 나쁜 말도 아니잖아."

"나쁜 말은 아니지."

"그런데 왜?"

"그런 식으로 말하는 사람들은 나를 싫어해."

"너를 싫어한다고?"

"응. 헤어진 남자들이나 날 싫어했던 사람들은 하나같이 내게 잘난 척하지 말라고 말했어. 누군가 나를 싫어하고 있다는 사실을 깨달으면 세상 한쪽이 어두워지는 듯한 느낌이 들지."

"외로워지는군."

"그래."

나는 잠자코 맥주를 마셨다.

"왜 그런 말을 했을까."

조가 중얼거렸다.

"글쎄."

"이런 책을 읽어서 그래. 잘난 척하는 것 같잖아."

"왜 시비야?"

"사람들이랑 어울리지 않고, 늘 뚱하게 앉아 이런 책이나 읽고 있었을 것 아냐. 여기에서 하는 것처럼. 그럼 친구를 만들 수 없지."

"아냐. 사람들이랑은 잘 지냈고, 책도 거의 읽지 않았어."

"그래?"

"응. 연기를 해보는 중이었거든. 다른 사람들의 말투나 행동을 흉내 내는 식으로. 꽤 성공적이라고 생각했는데 또 그런 말을 듣고 만 거야. 그래서 도망치듯 일을 그만둬버렸지. 결국 친구 하나 남지 않은 걸 보면, 사람들이랑 잘 지낸 것도 아니었나 봐."

나는 맥주를 벌컥벌컥 마시고 믹스넛에서 아몬드만 골라 입에 넣었다. 아몬드 하나를 시간 들여 씹자 어금니가 뻐근해졌다. 얼결에 하자가 있는 인간이라는 것을 인정해버린 듯한 기분이 들어 좀 울적했다.

"나도 친구가 없어."

조가 조심스럽게 고백한다는 식으로 말했다.

"왜?"

"한때는 있었는데, 하나둘 없어지더니 이제는 다 사라져버렸어."

"널 싫어했나?"

"아마도 그랬겠지. 남자들은 원래 서로를 좋아하지 않거든."

조와 나는 키득거리며 남은 맥주를 마셨다.

#

술을 마시자마자 몸에서 허겁지겁 흡수해 손가락 끝까지 알코올을 보내주는 그런 밤이었다. 그런 날 술을 잘못 마시면 영 이상한 곳에 도착하고 만다. 멀고, 낯설고, 평소라면 절대로 가지 않을 곳으로. 셰익스피어의 요정들처럼 술은 나풀거리는 흰 옷을 입고 눈을 가린 채 한여름 밤의 숲속 어딘가로 취객을 데려가곤 한다. 나는 그런 일을 만들지 않기 위해 평소에는 되도록 맥주만 마신다. 그러나 맥주만으로도 그런 곳으로 갈 수 있는 기회가 아주 가끔은 찾아오는 법이다. 우연히 찾은 영화관에서 이벤트에 당첨되듯이.

아저씨를 보기 위해, 우리는 쉴 새 없이 몸을 부딪치고 깔깔거리며 집으로 향했다. 한밤중의 거리는 잠수함처럼 고요했고, 불 켜진 창마다 비밀스러운 소리가 새어나왔다. 회색조의 건물과 오래된 붉은 벽돌 건물들이 불규칙한 줄무늬를 그리듯 지나갔다. 길가에 꾸역꾸역 욱여넣은 차들로 좁은 골목이 조금 더부룩해 보였다.

비가 오지 않는데도 조는 커다란 골프용 우산을 가지고 나왔다. 손잡이에 은회색 메르세데스 벤츠 로고가 붙은 고급스러운 우산이었다. 몇 걸음에 한 번씩 문득 생각난 것처럼 우산을 활짝 펼쳤다가 접었다. 탄탄한 캐노피가 그때마다 팡팡 소리를 냈다. 마치 이불을 털어 너는 것처럼.

"아저씨를 보면 뭐라고 할 거야?"

나는 물었다.

"일단 인사를 해야지."

"그러고 나서는?"

조는 우산을 펼쳐 높게 쳐들고 머리 위에서 빙글뱅글 돌렸다. 우산이 하도 커서 회전목마 밑에 서 있는 것 같았다. 나는 약간 비틀거리는 걸음으로 조에게 바짝 다가가 손을 위로 뻗었다. 조가 팔을 내려 우산을 잡을 수 있도록 해주었다. 눈앞에 꽉 찬 그의 몸이 단단한 벽처럼 보였다. 그것을 손바닥으로 밀며 나는 무언가를 떠올렸다.

"언제 왔냐고 물어봐야겠어."

조가 말했다.

"송별회를 하려면 언제 갈 건지도 물어봐야겠네."

"생일파티를 해야 하니까 생일도 물어보자."

"그래."

아무 이유도 없이 우리는 한바탕 웃었다. 서늘하고 축축한 밤공기가 우리의 웃음소리로 떨렸다. 문득 바라본 가로등 램프는 기억과 다른 모양이었다. 웃음을 멈추자, 하나의 소실점을 향해 뻗은 골목길에 밀도 높은 적막이 깔리고, 어딘가 먼 곳에서 개가 울었다. 어느 집 마당에서 뻗어 나온 동백나무 잎이 그 집 할로겐등 빛을 받아 빛났다. 그것은 이상할 정도로 반짝였고, 흠 하나 없이 완벽해 보였다. 누군가 높은 곳에서 우리를 내려다보고 있었다. 어스름한 푸른빛과 주황색 가로등 빛이 얇은 커튼처럼 주름져 보였다. 소리보다 빛이 더 크게 들려왔다. 우리는 발소리를 죽이며 계단 세 개를 내려갔다. 아스팔트로 덮인 지면에 운동화 바닥이 닿으며 고양이 발걸음 소리를 냈다.

이쪽이 아저씨야,라고 말한 뒤 나는 스위치를 내린 것처럼 잠들어버렸다. 집에서는 퀴퀴한 고양이 털 냄새가 났다. 우수수 쏟아진 나를 주워 침대로 옮기는 조의 모습을 본 듯한 느낌이 들었다. 하지만 그럴 리가 없겠지, 하고 고개를 저으며 다시 깊이 잠들었다.

아침이 다 지난 다음 엉망진창으로 깨어나니 이불 틈에 설리와 밤비가 몸을 둥글게 만 채로 잠들어 있었다. 조는 침대 발치에 가로로 누워 코를 고는 중이었다. 방 안 전체에서 숙취의 냄새가 났다. 멀쩡한 것은 아저씨뿐이었다. 왜인지 그는 조의 재킷을 걸치고 있었다.

#

설리와 밤비를 위해 수도꼭지를 살짝 열어두고 나도 물을 따라 마셨다. 그리고 아침을 만들기 위해 냉장고—조에 의하면 폼페이 유적에서 그대로 건져온 듯한—를 열었다. 조는 부엌 옆에 둔 스툴에 앉아 머리가 지끈거린다는 표정을 짓고 있었다. 스툴을 뺏긴 설리가 그 밑을 서성거리며 야옹야옹 울었다.

냉장고는 조의 말대로 유적 같아서 달걀과 식빵 말고는 딱히 먹을 만한 것이 없었다. 한때 채소를 많이 먹자고 다짐하고 사다 두었던 당근과 가지, 그리고 오이와 시금치도 있었으나 먹을 만한 상태는 못 되었다. 꼭 아침을 먹어야 하느냐고 묻자 조는 대답 대신 묵직한 신음 소리를 내며 기지개를 켰다. 그리고 아무렇지도 않게 면봉을 찾아다 귀를 쑤셔댔다.

나는 가지를 썰어 소금을 살짝 뿌려 굽고 빵 위에 올렸다. 조금 망설인 끝에 달걀 두 개를 부쳐 그것도 빵 위에 올렸다. 딱히 더 할 수 있는 것이 없었다. 내가 내민 아침을 보고 조는 활짝 웃었다. 스툴에 앉은 채로 그것을 한 입 베어 문 뒤에는 더 크게 웃었다.

"가지랑 달걀 사이에 시차가 있는 것 같아."

삼십 초 만에 다 먹어 치운 후 그는 사막에라도 와 있는 것처럼 벌컥벌컥 물을 마셨다.

#

"밤새 대화를 좀 해봤어."

"아저씨랑?"

"응. 말은 별로 없지만 대화는 잘 통하던걸."

"뭐라고 했는데?"

"이 집은 너무 너저분하대. 먼지 때문에 곧 기관지염에 걸릴 것 같다더라고."

"고양이가 두 마리나 있으니까 어쩔 수 없어."

"가능하다면 좀 더 자주 먼지를 털어줬으면 좋겠대. 특히 머리랑 어깨 부근."

"참고하지. 또 다른 건?"

"고양이 화장실이랑 쓰레기통은 제때 비우고, 가스 밸브랑 문단속도 철저히 하는 게 좋겠다더라. 날이 더워졌다지만 아직은 밤공기가 차가우니까 창문을 꼭 닫고 자래. 네가 이불을 걷어차는 버릇이 있어 걱정이라더군. 여름 감기가 더 지독한 법이잖아."

"꽤 섬세한걸."

"그렇지? 그리고 음악이 있으면 더 좋을 것 같대. 선호하는 장르까지는 물어보지 못했어."

"생각보다 바라는 게 많네."

"음악이 있으면 좋지. 심심함도 덜고 말이야."

"나는 음악 안 들어. 그 점이 불만이라면 나가도 좋다고 전해줘."

"물론 불만은 아닐 거야. 이야기해보니 그렇게 배은망덕한 아저씨는 아니더군. 말할 수 없는 사정이 있어 저 벽에 붙어 있는 모양이야. 하지만 폐를 끼치고 싶지는 않대. 아, 그리고 고양이들을 칭찬하던걸. 아주 점잖고 귀여운 고양이라고 하던데."

"그래?"

"그래, 이대로 조금 더 머물고 싶대."

마음대로 하라는 뜻으로 나는 어깨를 들먹였다.

#

오후부터 조는 집 안을 정리하기 시작했다.

이곳은 고양이 두 마리와 한 명의 인간이 당장에 필요로 하는 것들을 그럭저럭 끌어 모아둔 둥지에 가깝다. 냉장고와 고양이 화장실은 있지만 구둣주걱은 없다. 바닥에 매트리스를 깔고 침대라고 부른다. 창문 없는 작은 방에 가지고 있는 물건들을 몽땅 넣어두곤 필요한 것만 빼서 쓴다. 그 방에서는 쌀과 제습제와 고양이 털과 사료와 곰팡이 냄새가 난다.

조는 귀퉁이가 깨진 밥공기를 가차없이 버렸다. 휘어진 세탁소 옷걸이도, 삐걱거리는 스툴도 버렸다. 언젠가 쓸까 싶어 모아두었던 나무젓가락도 버리고, 낡은 빨래 건조대도 버렸다. 고양이 화장실로 쓰던 골판지 상자를 내다 버리곤 서랍을 뜯어 새로 만들었다. 커피포트는 깨끗이 닦아 윤을 냈다. 밀대로 바닥의 고양이 털을 전부 닦아내고, 아저씨 어깨 위의 먼지도 털었다.

"도대체 이런 건 왜 가지고 있는 거야?"

교환 날짜가 지난 빵집 상품권을 허공에 휘두르며 조가 물었다.

"버리는 걸 잊었어."

"버릴 생각이 없었던 건 아니고?"

삐죽거리며 손을 뻗자 조가 그것을 뭉쳐 세워둔 쓰레기봉투에 던져 넣었다. 나는 머쓱해진 손으로 지나가던 고양이를 끌어안았다. 문이며 창문을 전부 활짝 열어둔 것이 마음에 드는지, 고양이들은 처음 와본 장소를 탐색하듯 집 안을 돌아다니고 있었다.

"버려야 하는 물건들이 너무 많아."

"굳이 버리지 않아도 돼. 그곳에 있다는 걸 잊어버리면 없는 것이나 마찬가지야."

"대체 무슨 소리야?"

"글쎄."

"냉장고는 통째로 버려도 될 정도야. 냉동실에는 온통 바나나 껍질뿐이고. 넌 대체 뭘 먹고 살아?"

"바나나를 먹고 살지."

"그런가 하면 있어야 할 것들은 하나도 없어. 옷은 여기 있는 게 전부야?"

"응."

"회사엔 뭘 입고 다녀?"

"바나나 가죽 옷을 입고 다니지."

나는 밤비의 말랑말랑한 발바닥을 꾸욱 눌렀다. 잠시 가만히 있다가 밤비는 솜씨 좋게 흘러내려 내 품을 빠져나갔다.

"지금부터 빨래를 할 거야."

조는 강령 내지는 선언처럼 외쳤다.

"쓰레기를 내다 버리고 빨래 건조대를 새로 사 올게."

"좋아, 좋은 생각이야. 하지만 일단 한숨 자면 안 될까? 나는 너무 졸려."

"여긴 네 집이야." 조가 어이없다는 듯이 말했다. "네 마음대로 해."

#

눈을 뜨니 저녁이었다. 부엌에서는 전기밥솥이 은밀히 속삭이듯 밥을 하고 있었다. 덩달아 일어난 고양이가 야옹 하고 말을 걸었다. 따끈따끈한 고양이를 안아 들며 머리에 묻은 잠을 떨쳐냈다. 창을 통해 들어오는 저녁 햇살이 아저씨 발치를 비추고 있었다. 어둑어

둑한 방 안에서 그는 마치 정물처럼 보였다.

"누군가한테 세게 얻어맞아 본 적 있어?"

마주 앉아 저녁을 먹고, 형광등 아래에서 아저씨를 바라보던 조가 내게 물었다.

"아니. 너는?"

"나도 없어. 그런데 종종 그런 생각을 해."

"얻어맞고 싶다는 생각?"

"그래. 어째서인지는 모르겠어. 맞으면 아프리라는 것도 알고 다른 사람에게 얻어맞았다는 사실이 그대로 상처가 되리라는 것도 알아. 하지만 누군가 얻어맞는 광경을 보면, 혹은 끔찍한 꼴을 당하는 것을 보면, 나도 모르게 좋겠다는 생각을 해. 어딘가 시원해질 것 같아."

"시원해질 것 같다."

"그래. 결말이 난 것처럼."

조는 이렇게 말하곤 그대로 입을 다물어버렸다. 어떤 결말이 난다는 걸까. 나는 문득, 조가 지금껏 자기 이야기는 거의 하지 않았다는 사실을 깨달았다. 그동안 어째서 알아차리지 못했는지 의문이었다.

집 앞 골목 바깥 먼 곳에서 차 지나가는 소리가

들렸다. 고양이가 조용히 기지개를 켰다. 창밖 가로등이 불현듯 깜박였다. 나는 깨끗해진 집 안의 냄새를 맡았다.

"당분간 여기서 살려고 해."

조는 별거 아니라는 듯한 말투로 내게 말했다.

#

교회 안에는 더위를 피해 도망 온 하객들이 띄엄띄엄 앉아 있었다. 도대체 누가 한여름에 야외 결혼식을 하느냐고 누군가 중얼거렸다. 그 사람이 바로 제 상사랍니다. 나는 바이올린과 비올라와 첼로가 연주하는 호로비츠의 결혼 행진곡에 멍하니 귀를 기울이며 생각했다.

문득 바깥이 조용해졌다. 요리가 나오기 시작했을까 싶어 목을 쭉 빼고 보았지만, 열린 문 틈으로 보이는 것은 검은 드레스 차림의 현악 사중주단뿐이었다. 드레스 탓인지 그들은 무척 더워 보였다. 검은 드레스는 장송곡에도, 행진곡에도 어울리는 유니폼이다. 장송곡도, 행진곡도 아마 같은 표정으로 연주할 테지.

슬슬 야외 테이블로 돌아가야 할 때다. 그리고 뙤약볕 아래에서 수프와 팀발을 먹고, 그것을 배경으로 사진 찍히는 신부를 구경할 것이다. 그다음에는 스테이크가 나오고, 테이블마다 케이크가 놓일 때까지 얌전히 그것을 잘라 먹고…. 그러나 도저히 밖으로 나설 엄두가 나지 않았다. 뭔가 먹고 싶다는 생각도 들지 않았다. 태양이 고함을 지르듯 밝고 강렬한 볕을 내리쪼이고 있었다.

누군가 나의 뒤통수에 대고 속삭였다.

"저기요, 혹시 위스키 마실래요?"

나는 화들짝 놀라 뒤를 돌아봤다. 뒷좌석에는 젊은 여자가 앉아 있었다. 머리를 가지런히 모아 묶은, 모르는 얼굴의 여자였다. 손에 든 플라스크와 샴페인 잔을 살짝 흔들어 보이더니 무어라 대답하기도 전에 얼른 내 옆으로 와서 앉았다.

여자는 플라스크를 비틀어 열고 잔 위에 거꾸로 엎었다. 플라스크의 조그만 주둥이에서 옅은 호박색 액체가 콸콸 쏟아져 나왔다. 잔 안의 얼음이 가느다란 소리를 내며 쪼개졌다. 여자가 움직일 때마다 린넨 소재의 상의가 시원한 소리를 냈다. 소매 아래로 이어지는 매끈한 팔은 마치 옷과 한 세트처럼 보였다. 나는 뭐라고 말할지 결정하지 못한 채로 그 광경을 물끄러미 구경했다. 잔을 절반 정도 채운 다음, 그는 양이나 품질을 점검하는 것처럼 술잔을 슬슬 돌렸다. 둥근 눈썹이 명쾌한 각도로 휘어졌다. 술잔을 내게 건네고 자신은 플라스크를 들어 그대로 건배했다.

잠시 말없이 위스키를 마셨다. 위스키에서는 건초 냄새가 났다. 건초 말고 좀 더 제대로 된 향이 나야 할지도 모르지만. 그러나 나는 누가 알려주지 않으면 스카치인지 싱글몰트인지도 구분하지 못한다. 실용적인 관점에서라면 건초 냄새가 나는 쪽이 질 나쁜 위스키인 게 오히려 좋을 것이다. 싸구려 위스키에도 충분히 만족할 수 있을 테니까.

"이 교회는 원래 커다란 등나무로 유명한 곳이에요."

여자가 불쑥 말했다.

"이 계절에는 차를 타고 근처를 지나가기만 해도 등나무꽃 향이 나죠. 그런데 올해는 등나무가 모조리 죽어버렸대요. 등꽃 때문에 일부러 이곳을 골랐을 텐데, 안타까워서 어떻게 해요?"

그러나 안타깝다고 말하는 여자의 표정은 밝았다. 고개를 갸우뚱 비틀자 그가 물었다.

"어느 쪽 하객이에요?"

"신부가 상사예요."

"교회에서 결혼식이라니, 당신 상사는 독실한 신자인가 봐요. 내가 알기로 신랑 쪽은 신자가 아니거든요."

나는 잘 모르겠다는 식으로 어깨를 튕겼다. 꼭 대답을 들어야겠다는 듯 여자가 재차 물었다.

"그래서, 당신 상사는 신자예요?"

"아마 아닐 거예요. 지금껏 비밀에 부친 것이 아니라면."

"그럼 틀림없이 저주받은 걸 거예요. 신도도 아니면서 꽃이 예쁘다는 이유로 채플 웨딩을 하기로 했으니까요. 그러지 않고서야 갑자기 등나무가 모조리 죽어버릴 일은 없죠."

"누가 저주하는데요?"

"당연히 신이죠. 성경에는 온통 신이 삐쳐서 복수한 이야기뿐이잖아요."

"속이 좁은 신이네요."

과연 그렇다는 듯 여자가 어깨를 털며 웃었다. 나는 뾰로통한 얼굴로 등나무를 시들게 하는 신의 얼굴을 떠올렸다. 다시 호로비츠의 결혼 행진곡이 시작되었다. 바깥은 한결 분주해진 듯했다. 무어라 외치는 젊은 남자의 목소리가 들리고, 사람들의 웃음소리가 낮게 깔렸다. 그것을 방해하려는 것처럼 현악 사중주는 계속되고 있었다. 무슨 일인지 사람들이 한바탕 웃었다.

나는 얼음 녹은 물이 만든 투명한 막 같은 층을 잠시 바라보다가 그것을 단숨에 마셨다. 여자도 플라스크를 들어 한 모금 마셨다. 문득 옷 소매가 바스락 소리를 냈다. 시원해 보이네. 나는 무심코 중얼거렸다.

"뭐라고요?"

"아무것도 아니에요. 그냥 옷이 시원해 보이길래…."

자기가 어떤 옷을 입고 있는지 확인한 다음 여자는 별일 아니라는 듯 말했다.

"아, 좀 전에 사 입었어요."

"좀 전에?"

"너무 덥길래 백화점에 들러서 사 입고, 입고 있던 건 택배로 부쳤어요."

"대단한데."

나는 진심으로 감탄했다. 그러나 여자는 뭔가 마음에 들지 않는다는 듯 입술을 삐죽 내밀며 말했다.

"사실 나는 옷을 너무 많이 사거든요."

"그런가요?"

"네. 마음에 드는 옷을 보면 갖지 않고는 못 배겨요. 예전에는 아무리 마음에 들어도 예산에 맞지 않으면 비슷한 것으로 만족했는데, 이제는 그냥 눈을 감고 사버려요. 그러다 보니 지출이 너무 커져서 문제죠. 옷을 구워 먹고 살 수도 없는데."

"그거 문제겠네요."

"엄청난 문제예요. 남들은 그럼 쇼핑을 안 하면 되지 않느냐고 하는데, 그랬다간 더 큰 문제로 이어질 수 있어요. 사실 평소에도 머리 어딘가가 마비된 것처럼 온 신경이 옷에만 쏠려 있거든요."

"늘 옷 생각만 하나요?"

"때로는 가방이나 구두 생각도."

"오."

"다른 사람들 옷도 체크해요. 지금 당신이 입은 원피스는 내가 재작년에 사려다가 못 산 거예요. 한참 고민하다 결국 사려고 하니까 이미 다 팔리고 없더라고요."

"아직도 갖고 싶으면 벗어줄게요."

여자는 웃으며 고개를 저었다. 입을 동그랗게 모아 플라스크를 물고 목을 기울였다. 목울대가 두어 번 올라갔다 내려가는 것이 보였다. 꿀꺽꿀꺽하는 조그만 울림도 들렸다. 나는 원피스의 칠부 소매를 만지작거리며 그 소리를 듣고 있었다. 예전에 만나던 남자가 친구 결혼식에 가자며 사주었던 옷이다. 달리 입을 만한 것도 없으므로 결혼식에는 늘 이 옷을 입고 온다. 겨울에는 카디건과 코트를 껴입는다.

"그래서 아르바이트로 번 돈으로만 옷을 사기로 했어요." 여자가 고백하듯 말했다. "늘 지키는 것은 아니지만."

"아르바이트?"

"하객 아르바이트."

여자가 빙긋이 웃었다. 농담인지 아닌지 알 수 없었으므로 나도 비슷한 표정을 지어 보였다.

"주말이면 하루에 서너 군데 예식에 참석해요. 일반 웨딩홀에서 하는 결혼식은 삼만 원, 호텔 예식은 오만 원. 이렇게 외진 곳에서 열리는 결혼식의 경우엔 차비도 별도로 받고요. 효율이 좋은 장사죠. 식사도 해결할 수 있는 데다가 돈도 좀 생기니까. 게다가 전혀 힘들지 않아요. 조금 지루하긴 하지만 조용히 있다가 사진만 찍고 사라지면 되거든요."

"오."

"더군다나 내 경우에는 모처럼 산 예쁜 옷을 입을 수 있는 기회도 되고요. 호텔 결혼식은 일당이 높지만 외모나 옷차림에 신경을 좀 써야 하거든요. 남들은 입을 옷이 없어 걱정이라는데 나는 걱정 없죠."

"옷이 많으니까."

"맞아요."

여자는 간단히 답하고 웃었다. 체셔 고양이의 것처럼 잔상이 남는 웃음이었다. 그리고 손날을 세워 입술 옆에 붙이고 속삭이듯 말해주었다.

"교회 안에 있는 사람들은 전부 아르바이트예요."

"나는 아닌데."

"그래요, 당신은 아니죠. 신부가 상사라고 했죠? 누가 묻는다면, 나는 신부의 고등학교 후배예요. 물론 하객 아르바이트라는 사실은 입도 뻥끗하면 안 되고요. 실은 아까부터 여기 늘어져 있다가 혹시나 해서 말을 걸어본 거예요. 예쁜 옷을 입고 있기도 하고, 또 말이 좀 통할 것 같아서."

여자는 이렇게 말하고 기지개를 켰다. 식사가 한창인지 바깥의 현악단은 이제 익숙한 베토벤 교향곡을 연주하는 중이었다. 나는 얼음이 모래알갱이처럼 녹아가는 위스키 잔을 높이 들고 스냅을 넣어 빠르게 돌려보았다. 한결 투명해진 액체가 덩어리처럼 빙글 돌았다.

#

침대는 커지고, 창문에는 커튼이 달리고, 페트병 대신 피처에 물을 담아 마시게 되었다. 수건은 차곡차곡 접혀 바구니에 담긴 채로 욕실 앞에 놓였다. 원래 있던 것과 달리 조가 가져온 스툴은 흔들리지 않았다.

가구가 늘어난 데다 커다란 사람도 하나 생겼지만 집이 전혀 좁아지지 않았다는 점은 흥미로웠다. 결혼식 하객용 원피스를 벗어 빨래 바구니—역시 새로 생긴—에 던져 넣으며, 나는 흥미롭다고 말해보았다. 당연한 일이라는 듯이 조는 대답하지 않았다.

또 한 가지 놀라운 사실은, 그가 쓰는 물건들이 마치 원근감에 이상이 생긴 것처럼 커다랗다는 것이었다. 예를 들어 현관에 나란히 놓인 컨버스 두 켤레는 꼭 고기잡이용 배와 유람선처럼 보였다. 물론 내 것이 고기잡이 배, 조의 것이 유람선이다. 부엌에 선 채로 양치질을 하다가 문득 생각이 나 조에게 물어보았다.

"그렇게 큰 건 어떤 기분이야?"

마찬가지로 양치질을 하며 곰곰 생각하더니, 조는 천장이 바닥보다 가까운 느낌이라고 답했다. 그러나 천장이 바닥보다 가까운 것은 나도 마찬가지였다. 칫솔만큼은 조와 내가 같은 크기의 것을 썼다.

#

조가 프로젝터도 하나 가져왔으므로 영화를 보기로 했다. 침대에 눕거나 앉을 수 있으면서도 프로젝터를 쏠 수 있을 만큼 깨끗한 벽은 아저씨 옆뿐이었다. 조금 미안한 일이지만 우리는 아저씨를 일단 가구 취급하기로 했다. 자기를 향해 밝은 빛을 비추는 것이 싫다면 자리를 털고 나가면 될 일이었다. 장고 끝에 결정한 영화는 〈다이하드 4〉였다.

"서른이 다가오고 있어."

존 매클레인이 영웅으로 사는 것도 별로 녹록지 못하다며 투덜거리고 있을 때, 조는 갑자기 이렇게 중얼거렸다. 나는 얼핏 잠들었다 깨어나 약간 나른한 상태로 대답했다.

"서른이 뭐 어때서."

"네가 몇 살이지?"

"스물넷."

"넌 아직 어려서 모르는 거야. 서른은 무서운 거라고."

나는 설리의 꼬리를 붙잡으려 애썼다. 설리는 몇 번 꼬리를 휘젓다가 충분히 놀아주었다는 듯 구석 자리로 가서 앉았다. 어둠 속에서 밤비가 설리를 쫓아갔다.

"나는 긴 줄에 서 있어. 끝이 보이지 않을 만큼 긴 줄이야. 늘 그 줄에 서 있었어. 그 줄에 끝이라는 게 있을까 따위는 고민해본 적도 없었어. 그런데 언젠가부터 저 멀리서 어렴풋이 끝이 보이는 것 같은 거야. 그 줄에 끝이 있다는 걸 알자마자 나는 두려워져. 줄에서 빠져나가고 싶은데, 아무도 나가지 않아. 나만이 나가고 싶어 하는 것처럼 보이지. 그리고 문득 그 줄의 끝에 대해서 아주 잘 알고 있었다는 걸 깨달아."

"끝엔 뭐가 있는데?"

"기요틴. 끝에서부터 하나씩 목이 잘리는 거야."

그는 오른손을 들어 손날로 왼팔을 쳤다. 조의 무릎을 베고 누워 있었던 터라 내 머리통도 덩달아 들썩 흔들렸다.

"그 줄의 끝은 서른인 거야?"

"대충 그렇지."

"목이 잘리기엔 너무 이른데."

"서른 즈음엔 제 목이 잘리든 남의 목을 자르든 결정해야 해. 그게 세상의 이치야."

"세상은 녹록지 않네."

"어쨌든 나는 끝을 향해서 매일 조금씩 나아가야 해. 그것도 자의로."

"안 가면 되잖아."

"지구보고 돌지 말라고 할 순 없으니까."

그건 그렇지, 하고 나는 다시 잠이 들었다. 조는 괜찮은 룸메이트였다.

#

내가 모르는 번호로 걸려온 전화를 받는 방식은 이렇다. 대부분의 경우,

"…."

「안녕하세요, 고객님. 언제나 저희 통신사를 이용해주셔서 감사합니다. 통신사 이용 고객님들 중 만 이십 세에서 이십오 세 고객님들을 대상으로 최대 십만 원까지 할인받으실 수 있는 인터넷, 집전화 그리고 모바일 결합상품에 대해 안내드리고 있습니다. 통화를 통해 가입하시면 추가 절차 없이 오늘부터 바로 할인이 적용되고, 할인된 요금은 익월에 합산 청구됩니다. 자택에서 타 통신사를 통해 인터넷을 사용하고 계시다면 약정 위약금 대납을….」

"…."

「…안녕하십니까, 고객님.」

"…."

전화가 끊긴다.

#

때로는 광고 전화가 아닐 때도 있지만, 비슷한 태

도를 고수한다. 애초에 얼굴도 보이지 않는 상대와 제대로 된 대화를 나누기를 기대하는 것이 잘못되었다. 어느 날 걸려온 전화는 이런 식이었다.

"…."

「….」

"…."

「….」

"…."

「….」

"…."

「….」

"…."

전화가 끊겼다.

#

나는 책상 서랍에서 민트를 꺼내 입에 넣고 손바닥에 얼굴을 묻었다. 딸기 맛 페퍼민트 캔디를 입에서 또록또록 굴리며, 사무실 안을 돌아다니는 사람들의 발걸음 소리를 들었다. 뭔가 잘못된 것처럼 복사기가 울었다. 사탕 한 개를 다 먹은 다음 시계를 확인하니

네 시 반이었다. 집이 저녁 여섯 시에서 가만히 나를 기다리고 있을 것이었다.

#

회사에서 잘린 것은 결국 나였다. 그러나 내 몫까지 화를 내준 것은 의외로 조였다. 그는 거의 분개하는 듯했다. 고양이들은 꼬리로 께느른한 곡선을 그리며 아저씨 발치에서 졸음을 쫓고 있었다.

"말도 안 되는 처우야. 잘못한 것도 없는데 갑자기 해고라니, 이런 경우가 어디 있느냔 말이야."

목이 막혀 말도 잘 할 수 없다는 것처럼 조가 낮게 꿍얼거렸다.

"조직 개편 때문에 어쩔 수 없대."

"그 피해를 왜 네가 떠안아야 하냐고. 이게 말이 된다고 생각해?"

"어차피 누군가는 잘릴 예정이었으니까."

"연차순으로 내보낸다고 했다며. 그 사람들에게는 미리 말해준다 했고. 갑자기 마음을 바꾸었다고 쳐도, 일주일 앞두고 통보하는 법이 어디 있어? 억지로 휴가까지 보내놓고. 이해가 안 돼."

"어쩌면 마음을 바꾼 게 아닐지도 모르지."

나는 아무 뜻 없이 이렇게 말했다. 물음표가 여덟 개는 붙는 날카로운 말투로, 조가 무슨 뜻이냐고 물었다.

"글쎄. 마음이 바뀐 게 아니라, 원래부터 그렇게 정해져 있었던 것일지도 몰라. 딱히 근거가 있는 건 아냐. 막연한 추측일 뿐이지."

그냥 내게는 그런 일이 종종 일어나곤 한다. 그렇기 때문에 나는 언제나 확신하지 않으려 노력하는 것이다. 무심코 확신했다가 기대처럼 되지 않으면 구제할 수 없을 정도로 절망해버린다. 내겐 그런 습관이 있다. 정말로 사소한 일에도, 그러니까 포카리스웨트를 마시고 싶어서 자판기에 돈을 넣었는데 실수로 데자와를 뽑았을 경우에도, 나는 지하철 플랫폼에 앉아 울 정도로 절망한다. 그런 절망에서 빠져나오려면 시간이 오래 걸린다.

수많은 시행착오를 거쳐, 나는 절망하지 않는 법을 그럭저럭 찾아냈다. 포카리스웨트 버튼을 누를 때부터 데자와나 콜라가 나올 수도 있음을 염두에 두는 것이다. 완벽한 방법은 아닐 수도 있을 것이다. 그러나 무슨 일이든 처음부터 별로 기대하지 않으면 실망할 일도 없다.

조는 한참 동안이나 슬픈 표정을 짓고 있다가 내게 이렇게 물었다.

"너는 세상 사람들이 전부 너를 싫어한다고 생각해?"

그렇지는 않지만 당장 전기 요금도 내야 하고 고양이 사료 사야 할 일도 걱정이라는 뜻으로 어깨를 으쓱했다. 그나마 몇 개월은 실업 급여가 나올 테니 다행이었다.

#

조는 말을 대충 하기 때문에 집에서만 쓰는 말이 몇 개 생겼다. 예컨대 〈예의장머리〉. 그러니까 예의와 버르장머리를 합친 것이다. 우리 집의 조그마한 이너서클에서만 통용되는 은어. 보통은 '없다'라는 형용사를 붙여, 고양이들을 향해 쓴다.

그리고 〈비둘기〉. 이것은 〈늙은 비둘기〉와 함께 사용한다. 조의 술집을 찾는 손님들을 지칭하는 것이다. 조는 이제 술집을 돌보러 가지 않는다. 가게 문을 열어

두고, 알아서 술을 가져다 마시도록 내버려둔다. 얼마 전에 고지서가 날아왔길래 일단 전기 요금만 내두었다고 했다. 냉장고가 꺼지면 술이 미지근하게 식을 테니.

비둘기들은 괜찮을까 물었더니,

"어차피 내가 하는 일도 없었으니 괜찮아. 냉장고 하나 가득 병맥주를 채워두고 나왔어. 월세도 미리 내두었으니까 누가 와서 쫓아내는 일은 없을 거야."라는 대답이 돌아왔다.

할 일이 없어진 나는 일기를 써보기로 했다. 그러나 굳이 기록해둘 만한 일이 매일 일어나지는 않았기 때문에, 지금껏 읽은 책의 제목을 기억나는 대로 적었다. 그리하여 나의 일기는 달에서 봐도 보인다는 성벽처럼 길어져만 갔다.

"네가 읽은 최초의 책이 뭔데."

조가 목록을 거슬러 올라가며 물었다. 당연히 기억나지 않았으므로 눈알을 반 바퀴쯤 굴리는 것으로 대답을 대신했다.

나는 계속해서 책의 목록을 적었다. 그것은 짧디짧은 신문의 부고 기사처럼 쌓였다. 제목만 떠오르는 것도 있었고, 제목 없이 내용만 기억나는 것도 있었다.

아주 오래전에 읽었던 책들은 그림자 같은 문장 하나만 남긴 채 사라졌다. 예전의 그 아파트 거실 바닥에 빌려 온 책을 펼치고 누우면 베란다 너머 무릎까지 자란 풀밭에서 정체를 알 수 없는 벌레가 울었다. 먼 곳에서는 언제나 누군가 재채기를 했다. 문득 그즈음이 내 유년기의 전부였을 수도 있겠다는 생각이 들었다.

"이런 책은 왜 읽었어?"

목록의 중간쯤을 손가락으로 톡 짚으며 조가 물었다. 그는 테이블 건너편에 스툴을 끌어다 앉아 내가 쓰는 일기를 훔쳐보고 있었다. 손가락이 가리킨 자리에 있던 것은《미라 만들기》였다.

"초등학교 도서실에 있던 책은 전부 읽었거든."

"만드는 방법 기억나?"

"대충은."

"어떻게 만드는데?"

나는 눈을 꾹 감고 머릿속으로 들어가 가공의 서랍을 열었다. '미라' 항목에는 그야말로 미라처럼 뿌옇게 먼지가 앉아 있었다. 미라로 만들고자 하는 시체를 준비한다. 횡렬을 듬성듬성하게 엮은 테이블에 시체를 눕힌다. 심장을 제외한 내장 모두와 두뇌를 꺼낸다. 두 개골은 밀랍과 송진으로 채운다. 소금을 먹인 헝겊으로 전신을 꼼꼼히 감싼다. 최대한 열심히 설명하려 애썼으나 조는 대답보다는 질문에 더 관심이 있는 듯 제대로 듣지 않았다.

"유령이 운영하는 도서관의 장서 목록 같군."

조가 말했다.

"비슷할지도 몰라. 나는 죽은 사람들 책만 읽거든."

"왜?"

"간단해. 그들에게 많이 빚졌지만 하나도 갚지 않을 예정이니까."

"읽고 싶은 책이 있는데 저자가 죽지 않았다면? 죽을 때까지 기다렸다 읽어?"

"아니. 일단 읽고 그가 죽을 때까지 비밀로 하지."

"현명하군."

#

조가 술집을 〈정리하겠다고〉 해서 청소를 도와주러 함께 갔다. 몇 주간 방치해두었던 술집 카운터 밑은 빈 병으로 가득했고, 고지서가 낙엽처럼 쌓여 있었다. 하수구와 곰팡이 냄새를 맡고 있으려니 꼭 누군가의 무덤을 도굴하러 온 듯한 기분이 들었다. 누구의 무덤일는지는 몰라도.

조는 키친에 남은 집기를 정리하고 나는 냉장고와 테이블 밑을 치우기로 했다. 냉장고 하나 가득 채워두었다던 병맥주는 이제 여덟 병쯤 남아 있었다. 한참 쓰레기를 줍던 중 문득 조가 조용한 것 같아 뒤돌아보니, 그는 손에 든 무언가를 바라보며 서 있었다.

"뭐 해?"

조금 언짢은 듯이 내가 물었다. 이런 것이 놓여 있더라고. 그가 내 쪽으로 손을 뻗어 보였다. 그가 쥐고 있던 것은 오만 원짜리 지폐 한 장이었다. 가느다란 필체로 '결국 암이 이겼어. 잘 있게!'라고 쓰여 있는. 누구인지 알겠냐고 묻자, 조는 고개를 가로저었다.

"비둘기들이랑 이야기해본 적이 거의 없어. 결국 암이 이겼다니, 암에 걸린 사람이 있다는 것도 몰랐는걸."

"그 사람 아닐까?" 내가 말했다. "일주일에 한 번만 돈이 생긴다던 그 아저씨."

"짐작 가는 거라도 있어?"

"아니, 그냥 추측일 뿐이야."

조는 한참 동안 지폐를 바라보다가 두 번 접어 뒷주머니에 넣었다. 청소를 하고, 잊은 물건이 없는지 잘 살펴본 다음 우리는 술집을 나섰다.

#

집에 돌아와보니 아저씨가 없었다.

그는 나타났을 때처럼 아무런 예고도 없이 사라졌다. 아저씨는 어디로 갔느냐고 묻듯 고양이들이 야옹야옹 울며 나와 조의 발치를 맴돌았다. 그러나 황당한 것은 우리도 마찬가지였다. 아저씨가 붙어 있던 벽 위로 무기적인 공기만이 한없이 감돌았다. 그 앞에 모여 있는 나와 조와 고양이들의 모습은 잘못 만든 영화의 마지막 장면처럼 엉성해 보였다.

#

전화가 걸려왔다. 모르는 번호인 것을 확인하고, 나는 그것을 받았다.

"…."

「….」

“….”

「….」

“….”

「….」

전화는 끊겼다.

#

돌려받은 보증금을 어떻게 쓸까, 하고 조가 물었다.

“보증금은 또다시 보증금이 되지.”

나는 간단히 답했다.

“이제 술집은 하지 않을 거야. 평소에 갖고 싶었던 거 없어?”

“딱히 없는데.”

“너 책 좋아하잖아. 책을 백 권쯤 사는 건 어때?”

“책은 빌려다 읽으면 돼.”

조는 짜증 난다는 듯이 고개를 뒤로 젖혔다. 하지만 정말로 필요한 게 없는걸. 나는 잘못한 것도 없이 변명하듯 중얼거렸다.

“필요한 것 말고 갖고 싶은 것.”

“갖고 싶은 것도 없어.”

"차는 어때? 중고차라면 괜찮은 걸 살 수 있을 거야."

"나는 면허도 없고, 이 집은 주차도 안 돼. 보증금을 얼마나 받았는데 그래?"

"삼천오백만 원." 조는 간단히 말하고 덧붙여 설명했다. "이번 달 공과금이랑 월세를 제하고 받았으니, 삼천삼백구십일만 원."

"애매한 숫자네."

"한동안 월세 대신 보증금을 깎다 보니 이렇게 됐어."

"눈 녹듯 사라졌군."

"그래, 눈 녹듯 사라졌어."

"그냥 가지고 있는 것이 좋을지도 몰라. 돈이라는 건 눈에 불을 켜고 지키지 않으면 스르륵 녹아서 사라지니까."

#

돈이라.

아버지의 사망 보험금, 사택 보증금, 얼마 안 되는 저축과 그가 일하던 공장에서 나온 퇴직금, 위로금을 싹싹 그러모으니 육천백만 원쯤 됐다. 장례는 숙모와 고모들이 도와줘서 어떻게든 치렀는데, 가장 싼 것들로 해서 칠백만 원 정도 들었다.

아버지의 빈소를 찾아온 조문객은 그다지 많지 않았다. '그다지 많지 않았다'보다는 '거의 없었다'에 가까울 것이다. 나와 고모 둘과 숙모 하나와 공장장과 공장장을 따라온 동료 직원 몇 그리고 나의 고등학교 담임 교사, 잠시 들렀다 간 고모의 아들. 이게 전부였다.

정산이 끝난 뒤 영수증을 보고 있자니, 사람은 죽을 때도 돈이 많이 드는구나 싶었다. 영수증에는 화장 비용, 납골당 안치 비용, 제단 비용, 수시 비용, 이송 비용, 상복 대여 비용 등이 그다지 현실적이지 않은 숫자로 찍혀 있었다.

성인이 될 때까지 일을 할 수 없었으므로 생활비가 약간 들었다. 시에서 매달 보조금이 나왔으나 대단한 것은 아니었다. 막 서울로 올라왔을 땐 아무것도 모르고 월세방을 구해 살았고, 몇 개월 뒤에 전셋집을 구해 이사했다. 아버지가 죽은 것이 구월이었으니 전세를 구한 시기와 겨우 팔 개월밖에 차이 나지 않는데, 약 천만 원 정도가 월세와 생활비로 녹아 사라졌다. 그다음 한 번 더 이사를 했고, 올해 생일 즈음 전세 계약을 갱신했다.

아버지는 딱히 좋은 사람은 아니었지만 살아서도 죽어서도 나를 거리에 나앉게 하지는 않았다고, 나는 조에게 설명했다. 평소보다 여섯 살쯤 늙어 보이는 표정으로 그는 오랫동안 고개를 끄덕였다.

#

열두 시쯤 갑자기 너무나도 배가 고파졌으므로 우리는 해피밀을 사러 나가기로 했다. 여름의 자정은 걷기 좋은 시간이었다. 얼굴에 들러붙는 거미줄과 증기처럼 습한 공기를 헤치며 옆 동네 맥도날드까지 걸었다.

경의선 철로를 따라서, 큰길에서 골목으로, 그러다 또 비스듬하게 난 골목을 지나 어설픈 건널목을 건넜다. 열차가 다니지 않는 시간이라 차단기가 올라가 있었다. 차단기 옆에는 증기 기관차가 그려진 세모꼴의 표지판이 서 있었다. 철도원을 위한 것인 듯한 콘크리트 박스는 텅 빈 채였다. 한참 전부터 사용하지 않은 듯 주변엔 하얀 풀이 무성했다. 창문 같은 구멍이

크게 나 있어서인지 그것은 폐허가 된 건물을 연상케 했다. 혹은 특수한 종류의 관이라든지. 사실 비슷할지도 모른다. 일하는 동안에는 어느 정도 죽어 있는 것이나 마찬가지니까. 재미있는 생각이다 싶어 말해주려고 했으나, 조의 얼굴 위엔 많은 생각이 떠올라 있는 듯했다.

"〈해피밀〉이라는 이름은 말이야." 조가 나지막이 말했다. "듣기에는 행복해 보여."

의도도 알 수 없었고, 딱히 대답할 수 있는 종류의 말도 아니었으므로 나는 침묵했다. 지나가는 집 창문마다 밤늦은 텔레비전 소리가 새어 나왔다.

#

우리는 해피밀 다섯 개를 사고 장난감은 모두 점원에게 돌려주었다. 네 개는 조의 몫, 하나는 나의 몫이었다. 이번에는 큰길을 따라 집으로 돌아가는 길에 편의점에 들렀다. 네 개에 만 원 하는 맥주를 여덟 캔 골랐다. 버드와이저나 카스는 행사 목록에 없었지만, 조는 그다지 아쉬워하지 않는 듯했다.

계산을 하려고 카운터 가까이 다가가니 오래 묵

은 빨래 냄새가 났다. 편의점 전체에서 나던 냄새와 같은 것이었다. 주인인 듯한 중년 남자는 선반에 받쳐둔 모바일에서 눈을 떼지 않은 채로 비닐봉투 한 장을 뜯어냈다. 그는 연예 프로그램인지 인터뷰인지를 보고 있었는데, 그 소리가 지하철 소음만큼 컸다. 왠지 모르게 눅눅한 목소리의 여자가 또 다른 여자에게 살림 비법이라든지, 자녀 교육 방법 같은 것을 묻는 중이었다.

「미식에는 관심이 있지만, 복잡한 요리는 전혀 하지 않아요. 신선한 재료를 간단히 조리해 먹는 것이 제 방식이죠. 중요한 것은 좋은 재료를 고르는 방법이에요. 질 좋은 소고기는 좋은 버터와 함께 굽기만 해도 근사한 요리가 되니까요. 약간의 요령만 익혀두면 손쉽게 레스토랑 못지않은 식사를 차려낼 수 있어요. 일상적으로 사용하는 달걀이나 우유는 특별히 가장 좋은 것으로 쓰려고 노력해요.」

눅눅한 감탄이 이어지고, 편의점 주인은 못마땅하다는 듯이 쯧 하고 혀를 찼다. 뭐가 그렇게 마음에 들지 않는 것일까. 나는 내가 고른 맥주들을 보며 생각했다. 조그마한 모바일 화면 속에서 눅눅한 목소리의 젊은 여자가 또 무어라 떠드는 중이었다. 그 옆에 있는 여자는 그보다 나이가 많아 보였고, 좋은 옷을 입었으며, 이 시간이 얼른 지나갔으면 좋겠다는 표정으로 허공을 응시하고 있었다. 마침내 편의점 주인이 맥주 여덟 캔을 봉투 두 개에 나누어 담아 건네주자, 조는 그것을 집어 들고 편의점 문을 몸으로 밀어 열었다. 나도 그 뒤를 따랐다.

#

"네 어머니는 어떤 사람이야?"

조가 물었다. 나는 그냥 고개를 저었다. 어머니에 대해 대답할 수 있는 것은 아무것도 없었다. 우리는 각각 두 개째인가 세 개째의 맥주 캔을 들고 침대에 앉아 있었다. 테이블 위에는 쪽지 모양으로 접은 해피밀의 잔해가 널려 있었다. 잠시 멍한 표정을 짓고 있다가 조가 말했다.

"이렇게 하자. 거짓말을 하지 않는 거야."

"나는 원래 거짓말을 하지 않아."

"그럼 고양이에 대해 말해봐."

"고양이."

나는 고양이 두 마리를 보며 얼굴을 찌푸렸다.

"그것 봐. 아무 말도 하지 않잖아. 아무 말도 하지 않는 건 거짓말이나 다름없어. 교활하긴."

"그러는 너도 네 이야기는 잘 하지 않잖아."

"그러니까 오늘은 거짓말을 하지 않는 거야. 알겠지?" 그는 캔 맥주를 길게 한 모금 마셨다. "이제 고양이에 대해 말해봐."

"내가 이사하기 전부터 설리는 이 집에 있었어. 전 주인이 버리고 간 것인지, 근처 어느 집에서 탈출한 것인지는 나도 몰라. 짐을 다 옮겨도 나가려고 하지 않길래 사료를 사다줬어. 그리고 얼마 지나지 않아서 설리가 밤비를 데려왔어. 처음 왔을 땐 아주 작아서 갓 태어난 줄 알았는데, 병원에 데려갔더니 그냥 마른 것뿐이라고 했어. 보다시피 쑥쑥 자라나서 아기처럼 보이지는 않아. 어쩐지 길게 웃자란 것 같긴 하지만."

"꼭 너 같네."

조는 손톱으로 위벽을 긁는 듯한 소리를 내며 웃었다. 그다지 즐겁게 들리지는 않았다.

"이제 내 차례야."

나는 맥주를 한 모금 마시고 말했다.

"뭐든 물어봐."

"아저씨가 그리워?"

"그리워할 만큼 친하게 지내지는 못했는데. 하지만 솔직히 말하자면, 그래. 약간은 그리워. 우리는 너 몰래 많은 이야기를 나누었으니까."

"어떤 이야기?"

"연속으로 두 번 질문할 순 없어. 그게 규칙이야. 이번엔 내 차례니까 너는 다음에 다시 질문해."

조금 억울한 기분도 들었으나 맞는 말인 듯했다. 다시 조가 물을 차례였다. 그는 맥주 캔을 뒤집어 탈탈 털어 마시곤 한 손으로 캔을 구겨 바닥에 두었다. 구겨진 캔이 짤그락거리는 소리로 몇 번 울었다.

"가장 친한 친구의 이름은 뭐야?"

"나는 친구가 없는데."

"뭐?"

조가 얼굴을 찌푸렸다.

"정말이야. 남자는 몇 번 사귀어보았지만 친구는 결국 만들 수 없었어. 내게 바라는 것이 없는 사람은 어려워서일까. 이번엔 내 차례지?"

"그래."

"다시 태어나면 뭐가 되고 싶어?"

나는 물었다.

"그건 당장 답하기 어려운데."

"그럼 바꿀게. 다시 태어나면 절대로 되고 싶지 않은 것이 있어?"

"많지. 일단 식물도 되고 싶지 않고, 물고기도 되고 싶지 않아. 물미역이나 거북이나 개도 되고 싶지 않아. 이건 밤새도록 말할 수도 있겠군."

"그럴 필요는 없어."

우리는 취한 것처럼 한바탕 웃었다. 맥주를 한 모금씩 마시고, 고양이 울음소리를 들었다. 조는 기분이 좋아졌다는 듯이 말했다.

"제대로 답하지 못했으니 이번 질문은 없던 것으로 해주지. 다시 물어봐."

나는 잠시 생각해보다가 어머니는 어떤 사람이냐고 물었다. 적절한 단어를 찾아 헤매는 것처럼 조는 눈을 감고 침묵했다. 나는 잠자코 대답을 기다렸다. 맥주를 모금모금 길고 짧게 마시고, 바깥의 여름 소리에 귀를 기울였다. 누군가 맨발로 도로를 달리는 소리가 들리는 듯했다. 담벼락에 부딪힌 가로등 빛이 노란 박스처럼 창문을 비추었다. 스탠드 불빛 아래 앉은 조는 새

삼 더 커다래 보였다. 얼굴과 귀와 목은 햇볕에 잘 구운 것처럼 빨갰다. 조는 취하면 곧잘 따끈따끈해졌다. 습하고 더운 여름밤의 공기 속으로 조의 커다랗고 뜨끈한 몸이 발하는 열기가 스며드는 듯했다. 맥주를 더 마시는 대신 나는 캔 가장자리를 입술에 지그시 눌렀다.

마음을 정한 것처럼 조는 입을 열었다. 문틈 같은 입술 사이로 맥주를 흘려 넣고, 다시 마음을 정한 듯이 말했다.

"아까 본 여자가 내 어머니야."

"아까 본 여자?"

"편의점 사장이 보고 있던 영상 속 여자. 하나도 닮지 않았지?"

"응."

나는 기억을 되짚어보고 고개를 끄덕였다.

"어머니는 산부인과 의산데, 사업가에 더 가까운 사람이야. 이런저런 시설이 잔뜩 딸려 있는 큰 산부인과를 운영하지. 요즘은 소원대로 아주 유명해져서 종종 텔레비전에 나오더군. '레스토랑 못지않은 손쉽게 차려낸 식사'는 아마 못 할 거야. 나와 달리 머리가 좋은 사람이니까 요령은 간단히 익힐 수 있겠지만 그럴 만한 시간은 없을 테니까. 대신 돈은 무척 많아."

"그거 참 멋진 인생이네."

"내 인생도 아닌걸."

조가 새 맥주 캔을 따 내게 내밀었다. 그는 연필로 그려넣은 듯한 웃음을 짓고 있었다. 손에 든 캔을 뒤집어 비우고, 나는 그가 내민 새 맥주를 받았다. 아버지에 대해 조가 물었다.

"어떤 사람이었는지는 잘 몰라."

"아버지에 대해 잘 모른다."

"그냥 조용한 사람이었어. 하도 조용해서 잘 모르는 사람은 말을 못한다고 생각할 정도로. 떠보는 듯한 느낌이 싫었는지 그러면 먼저 인사를 건네곤 했어. 그 뒤에 한 마디도 하지 않는 것이 문제였지만."

"그게 다야?"

"기억이 잘 안 나. 어떻게 살아왔는지 딱히 들은 적도 없는 것 같고. 이제 와서 기억나는 건 오히려 죽은 다음의 일들뿐이야. 어느 날 학교에 갔다가 집으로 돌아오니까 아버지가 현관문 안쪽에 목을 매고 죽어 있었어. 키가 그렇게 크지 않은 데다 목을 맨 줄이 늘어져서, 눈높이가 나랑 딱 맞았어. 어떻게 해야 할지 몰라서 한동안 현관 앞에 서 있었더니 누군가 나를 대신해서 경찰을 불러줬던 것 같아. 정신을 차리니까 숙모랑 고모들이 와 있었어."

"아버지가 죽은 것을 알았을 때 기분은 어땠어?"

"어쩐지 문이 무겁다 싶었어."

조는 눈을 동그랗게 떴다가 커다란 어깨를 털며 웃었다. 술에 취한 탓인지 나도 웃음이 났다. 짧은 소매 밑으로 미지근한 바람이 불었다. 창문을 통해 들어온 바람이 현관으로 빠져나갔다. 우리는 한동안 함께 웃었다. 맥주 캔을 서로 부딪쳤더니 간결한 소리가 났다. 그 간결함에 놀라 또 웃었다. 아버지를 좋아했었냐는 질문에 나는 너무 일찍 죽어서 마음을 정하지 못했다고 답했다.

우리는 일부러 시간을 들여 웃었다. 각자 가진 비밀의 모서리를 맞춰 서랍에 집어넣는 것처럼 꼼꼼히, 단어마다 라벨을 붙여가며 웃었다. 시간이 제대로 된 속도로 흐르는 느낌이 들었다. 마침내 모든 웃음을 서랍에 집어넣어서 입가에 남은 웃음도 서서히 사그라들었을 때 조가 물었다.

"고양이들이 안 보이지 않아?"

#

고양이를 찾아 헤맸으나, 그 어디에도 수염 한 가닥 떨어져 있지 않았다. 각자 반대 방향으로 집 안을 돌아 다시 침대 발치에서 만난 우리는 서로에게 황당한 표정을 지어 보였다. 침대 밑에도, 신발장 안에도 고양이들은 없었다. 고양이 두 마리 분의 기척이 사라진 집 안은 고요하기만 했다.

다시 한번, 이번에는 방금 전과 반대 방향으로 돌아보았다. 전등을 전부 켜고 구석구석 샅샅이 뒤졌다. 역시 고양이는 없었다. 아무리 고양이라지만 기척도 느껴지지 않았다. 대체 어디로 가버린 거지? 방 한가운데 멍하니 서 있으려니 어디선가 고양이 울음소리가 들리는 것 같았다. 실수로 썼다 지운 글씨처럼 희미한 소리였으나 분명히 벽 너머에서 들려오고 있었다. 의논하듯 눈을 맞춘 다음 우리는 아저씨가 있던 벽으로 다가가 귀를 바싹 붙였다.

벽지를 뜯어내자 창문이 나왔다. 이런 곳에 창문이 있었던 건가? 이사 올 때 도배를 새로 하지 않았기 때문에 전혀 모르고 있었다. 전에 살던 사람들도 알지 못했던 것인지, 뜯어낸 벽지가 겹겹이었다. 창틀은 조악했고, 종이처럼 얇은 유리가 끼워져 있었다. 고리를 풀기 위해 살짝 잡아당기자 창틀 전체가 쑥 밀려났다. 술래잡기를 하자는 듯이 어딘가에서 고양이 두 마리가 야옹 울었다.

우리는 창문을 떼어내 바닥에 두고 밖으로 넘어갔다. 창문 앞으로는 작은 현관처럼 생긴 공간이 있고, 그 앞을 수직으로 가로지르며 짧은 골목이 이어졌다. 사면이 건물로 막혀 있으니 사실 골목이라고 부를 수도 없을 것이다. 우르르 지었던 집을 허물어가며 새로 짓는 과정에서 남겨진 쪼가리일까? 골목에 등을 기대고선 건물들의 수를 헤아리고 있으려니 다시 고양이들이 야옹 울었다. 찾았네, 하고 말하는 것처럼.

조는 그곳에 이름을 붙였다. 〈남겨진 골목〉. 초록 지붕의 앤이 붙인 것처럼 황홀하지는 않아도 썩 잘 어울리는 이름이었다. 그곳은 아무리 보아도 누구에게나 철저히 버려진 장소였으니까. 애초에 골목을 향해 창을 낸 집은 우리 집뿐이었다. 바닥에 떨어진 유리 조각 몇 개를 주워 버리자, 그곳은 우리의 베란다가 되었다.

#

아저씨는 두 번 다시 나타나지 않을 듯했으나, 조는 그의 재림을 기다리듯 벽을 비워두었다.

벽지를 뜯은 김에 페인트칠을 했다. 여덟 가지 흰색 페인트 중 고민하다 중간 정도의 흰색으로 정했다. 창문을 떼어낸 자리엔 위아래로 열리는 유리창을 새로 해 넣었다. 창문 밑에는 계단 대신 벽돌을 채운 수납 상자를 두었다. 유리창을 바깥으로 밀어 열면 〈남겨진 골목〉으로 나갈 수 있었다. 날씨가 맑은 날이면 고양이들을 골목에 내보내고 빨래를 내다 널었다. 다섯 걸음 밖에서는 들리지 않을 만큼 작게 음악을 틀고 빨래가 다 마를 때까지 기다렸다.

조는 건전지로 켜는 캠핑용 등과 상자처럼 생긴 작은 테이블, 그리고 비치 체어 두 개를 골목에 가져다 두었다. 도대체 어디서 그런 것을 사들이는지, 또 어떻게 창문을 통과했는지 알 수 없었다. 아무튼 빨래를 내다 널고 나면 하얀 플라스틱 비치 체어에 누워 각자 고양이를 한 마리씩 안고 해를 쪼이는 것이 일과가 되었다. 설리와 밤비는 영원히 배 위에 누워 있을 것처럼 굴다가 어느 순간이면 일어나 떠나곤 했다. 그러면 일광욕을 끝낼 때였다.

골목은 뭐랄까, 목록 외의 장소였다. 집을 팔면서 '거의 발코니처럼 쓸 수 있는 골목 쪼가리'가 포함되었다는 말을 덧붙이진 못할 것이었다. 솜씨 좋은 공인중개사라면 당연히 포함시킬지도 모르겠다. 솜씨 좋은 공인중개사란 대체로 뻔뻔한 편이니까.

창문을 닫으면 골목도 사라졌다. 아무도 그곳에서 우리의 창문을 노크할 수 없었다. 무슨 일이든 일어날 수 있으면서도 아무런 일도 일어나지 않는 곳. 오직 고양이 두 마리와 여자와 남자만을 위해 존재하는, 처음이자 마지막 장소. 로버트 프로스트가 집을 두고 말했듯, 그곳은 우리가 그곳에 가야 하는 상황에 처했을 때 우리를 받아주는 곳이었다. 물론 로버트 프로스트는 우리의 골목을 알지 못했지만.

#

가만히 눈을 감고, 아주 얇은 종이를 열 지어 겹친다. 빨랫줄처럼 가늘고 튼튼한 줄에 투명한 종이를 겹쳐 거는 것이다. 줄은 현악기의 그것처럼 균등한 간격으로 당겨져 있다. 그리고 끝없이 이어져 있다. 어디선가 불어오는 바람에 종이의 끝자락이 손짓처럼 나부낀다.

나는 종이 사이에 서 있다. 가장 안쪽의 종이에 무언가 중요한 것을 적어두고, 그 앞으로 몇 겹이나 종이를 걸쳐두었다. 저 너머의 글씨가 반투명하게 비쳐 보이는 듯해서 다가가 보면 그저 그림자일 뿐이다. 사르륵사르륵 흔들리는 얇은 종이 뭉치에 얼굴과 목을 베이며 그 사이를 헤맨다. 날림으로 적힌 글자 몇 개가 역시 반투명하게 웅얼거린다. 그것은 익숙한 억양의 외국어처럼 들린다.

가늘게 떨리는 종이 사이에서, 나는 이미 길을 잃었다. 아무리 넘겨도 원하는 페이지로는 갈 수 없다. 누군가를 애타게 불러보지만 입을 열자마자 종이의 물결이 바람의 방향을 바꾸어 알아들을 수 없게 만든다. 앞을 향해 소리를 지르면 뒤에서 되돌아온다. 귓가에 조의 이름이 닿는다.

나는 조의 이름을 부른다. 다음 순간, 나는 종이 사이로 달린다. 물 속에서 달리는 것처럼 팔다리가 둔하다. 두려운 듯 날개처럼 퍼덕이는 종이의 물결 사이로 조의 목소리가 들린 듯하다.

겨우 꿈에서 빠져나왔을 땐 이미 한밤중이었다. 조는 테이블에 앉아 빈 벽을 바라보고 있었다. 잠결에 여름이 지나가는 소리를 듣고, 나는 다시금 잠에 빠져들었다.

#

어느 아침, 조는 일찍부터 부지런을 떨었다. 시간을 들여 이를 닦더니 좋은 옷을 골라 입었다. 그리고 슬슬 집에 다녀오는 것이 좋겠다고 말했다. 물고기 밥을 주고 돌아오겠다는 것처럼 가벼운 말투로. 나는 그래, 하고 대답하곤 잠시 생각하다 덧붙여 말했다. 조심히 다녀와. 그러나 그날 조는 돌아오지 않았다. 그다음 날도 돌아오지 않았다. 길을 걷다가 공중에서 떨어진 철근에 머리를 세게 얻어맞아 기억을 모두 잃기라도 한 것처럼. 그래서 나와 고양이들과 골목을 전부 잊어버린 것처럼. 주말이 여름을 안고 달려갔다. 문득 달력을 보니 작은 글씨로 '처서處暑'라고 쓰여 있었다.

#

갑자기 실내에 들어온 탓인지 눈이 가려웠다. 천

장에 붙은 에어컨에서 차갑고 건조한 바람이 쏟아지고 있었다. 파인애플처럼 뾰족한 잎이 달린 관엽식물이 작은 소리에 귀를 기울이듯 조금씩 흔들렸다. 지나치게 밝은 조명의 사무실은 왠지 가상의 공간처럼 보였다. 컴퓨터로 작업한 다음 이렇게 만들겠습니다, 하며 보여주는 설계안 같은.

고용센터 직원은 소금물에 푹 담갔다 뺀 것처럼 피곤해 보였다. 그는 어차피 내가 무슨 말을 할지 알고 있다는 듯이 노골적으로 성가신 표정을 짓고 있었다. 서른에서 서른다섯쯤, 어쩌면 서른하나에서 멈춘 지 삼 년 정도 흘렀을지도 모른다. 보풀이 일어난 밝은 핑크색 카디건의 단추를 목 끝까지 채워 입었다. 안경이 얼굴보다 약간 작아 양쪽 관자놀이가 지그시 눌렸다.

"형광펜으로 체크한 부분을 고치고 다시 서명해 주세요. 권고사직이라도 사직서를 썼으면 해고가 아니라 퇴사예요."

그렇군요, 하며 나는 고개를 끄덕였다. 밝은 라임색 형광펜으로 표시한 칸이 서너 개쯤 됐다. 여자는 표정 없이 손을 들어 마우스 옆의 작은 인형을 문질렀다.

"다 했어요."

"날짜도 적어주세요."

나는 양식에 날짜를 적어 넣었다.

"이러면 됐나요?"

"네. 안내 책자를 드릴 테니까 가져가서 읽어보세요."

"해고가 아니라 권고사직이라도 실업 급여는 나오나요?"

인상을 찌푸린 채로 파일철을 뒤적인 다음, 여자는 고개를 끄덕였다. 더 이상 할 말이 없을 것 같아 책자를 집어 들고 일어섰다. 등받이 없는 의자마다 사람들이 빽빽이 앉아 있었다. 간밤 모두의 꿈에 고용센터 요정이 다녀가기라도 한 것처럼. 창구 옆 모니터의 숫자가 반짝 바뀌고, 전자음의 종소리가 났다.

#

조가 없는 동안 나는 빨래를 하고, 도서관에 가서 빌린 책을 반납하고, 전기 요금을 내고, 실업 급여로 고양이용 모래를 샀다. 빨래를 널 때 말고는 골목에 나가지 않았다. 일광욕을 하기엔 더웠고, 조 없이 골목에 나가 있는 것은 이상한 일이라고 생각되었기 때문이다.

문득 생각난 것처럼 전화가 울렸다. 모르는 번호라는 것을 확인한 다음 나는 평소와 같이 전화를 받았다.

"…."

「….」

"…."

「여보세요?」

조였다.

「잘 들려?」

"응."

「왜 아무 말도 안 해?」

"모르는 번호라서."

「저장해둬. 이제 슬슬 돌아가려고 하는데, 뭐 필요한 거 있어? 달걀이나 식빵 같은 것.」

없어,라고 말하고 나는 고양이를 안아 들었다. 건성으로 대답하지 말라고 다그치는 조의 목소리가 수화기를 징징 울렸다. 고양이가 뺨을 핥았기 때문에 나는 살며시 웃었다.

#

긴 주말을 지내고 돌아온 조의 머리는 다른 사람들처럼 짧아져 있었다. 그것을 제외하면 평소와 같았다. 그는 양손에 고양이용 구충제와 간식을 들고 툴툴거리며 집 안을 돌아다녔다. 평소와 같은 커다란 검정색 티셔츠에, 무릎 위까지 올라오는 반바지 차림으로. 어딜 다녀왔냐고 물었더니 농담으로 때웠다. 그것은 별로 말하고 싶지 않다는 신호였다.

#

주말마다 조는 외출했다. 지난번과는 달리 이제 주말이 끝나면 곧장 집으로 돌아왔다. 그러니까 금요일 오전에 나가서 일요일 저녁이나 월요일 아침에는 집에 오는 식으로. 주말을 지내고 돌아온 조에게서는 낯선 샴푸 냄새가 났다. 여자친구라도 생겼냐고 물어보았더니, 정말로 어이가 없다는 듯이 하! 하는 소리를 냈다. 그리고 나를 흘겨보았다. 그렇다고 어디에 다녀오는지 이야기해주지는 않았으므로, 나는 여자친구 가설을 고집하기로 했다.

외출했다 돌아올 때마다 조는 잡다한 물건들을

가져왔다. 새 운동화, 비싸 보이는 전문가용 색연필 세트, 그리고 졸업 앨범 같은 것들. 소중한 물건들인가 싶었으나 일단 가지고 온 뒤에는 구석에 처박아둔 채 거들떠보지도 않았다.

"너 친구가 하나도 없다고 했지?"

조가 물었다. 낮은 지붕의 기와를 따라오는 가로등 빛이 찌그러진 맥주 캔에 머물렀다. 우리는 고양이를 한 마리씩 안고 비치 체어에 앉아 있었다. 쌀쌀한 바람이 저녁을 데리고 천천히 다가오는 중이었다.

"응."

"학교생활은 어땠어? 그때도 남자친구뿐이었어?"

"스무 살 전에 남자친구를 사귄 건 한 번뿐이야. 그마저도 아무것도 안 했으니 친구라고 불러야 좋을지도 모르겠네."

"학교 다닐 땐 친구가 좀 있었어?"

"아니. 중학생 때까진 늘 따돌림당했어. 아무도 내게 말을 걸어주지 않았지. 상황이 좀 나아진 건 고등학교 때부터야. 그때부턴 저주가 풀린 것처럼 모두들 사람 취급 해줬어."

"왜 그랬을까?"

"자기들이랑 달랐기 때문이겠지. 평범한 공립 학교였지만 다들 제대로 된 가정에서 제대로 된 밥을 먹으면서 컸을 거야. 내 경우엔 성장에 필요한 영양을 모두 급식으로 섭취했고, 옷도 제대로 세탁해 입지 못했지. 아무도 내게 그런 것까지는 알려주지 않아서 나는 샤워하는 방법도 책을 보고 배웠어."

"설마."

조는 웃었다.

"정말이야. 초경은 지옥 같았지. 그때부턴 아버지 지갑에서 돈을 훔쳐다가 생리대도 사고, 샴푸도 샀어. 내가 돈을 훔쳐낸다는 걸 알아낸 다음부터는 아버지가 아예 돈을 탁자 위에 놔두고 출근하더라고. 그걸로 세탁 세제나 비누 같은 걸 샀어. 고등학생쯤 되었을 땐 대충 사람 꼴을 하게 되었지."

"그럼 그전엔 용돈도 받지 않았어?"

"응. 필요한 게 있어도 가질 수 있었던 적은 없었어. 초등학생일 땐 늘 준비물을 가져가지 못해서 벌을 섰지. 그게 내겐 당연한 일상이었어."

벌은 나도 자주 섰는데, 하고 조가 말해 우리는 파도처럼 작게 웃었다. 맥주를 한 모금 마시고 그것이 몸 구석구석 퍼지기를 기다렸다. 골목 밖 먼 곳에서 반짝하고 가로등이 켜졌다. 가로등이 켜지기를 기다렸던 것처럼 조가 말했다.

"나는 말이야, 요 근처에 있는 대학을 나왔어."

"그래?"

"응. 들어가는 데에는 이 년이나 걸렸고, 나오는 데에는 팔 년이나 걸렸어. 굉장히 요상한 이름의 학과를 나왔지."

"요상한 이름의 학과에서는 뭘 배웠는데?"

"놀랍게도 전혀 기억나지 않아. 지금 기억할 수 있는 건 교수들의 이름뿐이야. 말투는 그럭저럭 흉내 낼 수 있지만, 너는 웃지 않겠지."

어떻게 하느냐에 따라 다를 거라고 나는 생각했다.

"나도 마찬가지로 친구가 전혀 없어. 얼마 전에 문득 이 사실을 깨닫고 화들짝 놀랐어."

조가 말했다.

"너는 왜 친구가 없는데?"

"다음에서 다음으로 나아가면서 나는 이전의 세계를 꼭 닫고 나와야 했어. 들키고 싶지 않았거든. 반복하다 보니 남아 있는 친구는 하나도 없었어."

뭘 들키고 싶지 않았느냐고 묻자 조는 대답 대신 건배를 청했다. 맥주 캔 모서리를 부딪쳐주자 고양이가 불만스럽다는 듯이 야옹 울었다. 슬슬 일광욕도 끝내야 할 때라고 나는 생각했다.

#

끈질기게 묻자 조는 한참 뜸을 둔 다음 대답했다.

"약력이라는 것은 지독한 거짓말쟁이야. 한 마디도 거짓으로 말하지 않고 거짓말을 하는 것은 교활하고도 대단한 기술이지. 하나하나 뜯어보자면 딱히 거짓말로 적어놓은 게 없지만, 어쩐지 고개를 갸웃하게 되는 것이지. 하나하나 해체해 곱씹어보고서야 거짓말이 아닌 것을 알게 되는 말은 분명 거짓말이야."

질문이 뭐였더라? 생각해보는 사이 그는 고양이들을 데리고 집 안으로 들어가버렸다.

#

언젠가 졸업 앨범을 가지고 온 날에는 하루종일 둘이서 그것을 보며 조의 고교 동창들 이름을 외웠다. 이동연, 얘는 의사가 됐어. 김현, 얘는 변리사 시험에 붙었대. 심현섭, 얘는…. 〈의사 이동연〉, 〈변리사 김현〉, 〈제약회사 연구원 심현섭〉, 〈변호사 이승우〉와 〈치과 의사 강영민〉. 이름 앞에 아무것도 붙지 않는 것은 아마 조뿐인 듯했다. 졸업 앨범 속 조의 낯선 표정을 한참 바라보다가, 나는 이따금 그가 지어 보이는 빌려 온 듯 어색한 웃음의 출처를 문득 깨달았다.

#

주말이 되어 조는 외출했고, 나는 아팠다. 아침부터 이상할 정도로 더워서 가만히 누워 있기만 해도 땀이 줄줄 흘렀다. 샤워할 기운조차 없이 몸이 늘어졌다. 고양이 두 마리가 촉촉한 코를 여기저기 갖다 대보더니 침대 밑에 자리잡고 누웠다. 몇 번인가 전화가 울렸지만 받지 못했다.

밀가루 반죽처럼 침대에 늘어져 자는 동안 나는 어젯밤의 꿈을 꾸었다.

조와 나는 영화를 보고 있었다. 영화는 〈몬스터 볼〉이었고, 두 번째 보는 것이었다. 우리는 마음에 드는 영화는 기억해두었다가 다시 본다. 집중해서 볼 때도 있지만 대부분은 대사를 흘려보내며 멋대로 떠들어댄다. 할리 베리의 아들이 차에 치여 죽었을 때쯤 나는 이상한 말을 했던 것 같다. 그 말은 결국 어딘가 옳지 못한 곳으로까지 이어졌다.

"나는 내 유년기로부터 너무 빨리 도망쳤어. 사람 모양 구멍을 남기고 탈출하는 것처럼."

조는 내 말에 대답하지 않았다. 그는 영화를 보는 중이었다. 딱히 대답을 원한 것도 아니었지만 왠지 서운했다. 그 때문인지, 누군가 나를 체스 말 삼아 악수惡手를 두는 것처럼, 나는 마음에도 없는 말을 자꾸만 내뱉었다.

아무 말도 하지 않는 편이 나았을지도 모른다. 어젯밤뿐만 아니라, 언제나. 그래서 아버지는 아무 말도 하지 않으며 살아갔던 것일지도 모른다. 나는 말하는 것에 병적으로 서투르고, 대답에는 더 서투르다. 머리가 좋지 않은 탓일지도 모른다. 그렇게 말했더니 조는 짜증이 치민다는 듯이 머리를 세차게 저었다.

"머리가 좋지 않은 건 나야. 나는 매일 발밑에 있는 걸 빼서 새 길을 닦는 식으로 살아. 그렇게 살다 보니 더 이상은 갈 곳이 없어."

그래서 뭐라고 했더라. 이미 기억나지 않는다. 나

는 계속 악수를 두었다. 할리 베리는 빌리 밥 손튼에게 기분 좋게 해달라고 애원하는 중이었고, 그것은 세상 어딘가에서 아직도 일어나고 있는 일처럼 느껴졌다. 남편도 죽고, 아들도 죽고, 집도 잃고, 직장에는 걸어서 출근하는 여자가 세상에 더 있을지도 모른다는 생각에 왠지 눈물이 났다. 그래서 눈물이 난 것뿐인데도 조는 내게 사과했다.

"나는 말이야, 보통 사람들이 어떻게 사는지 전혀 몰라. 소파 앞에 텔레비전을 두고, 현관에서 신발을 벗으며 살겠지. 하지만 정말로 그렇게 살아? 모두들 아파트 설계 도면처럼 살아가느냐고. 모두가 같은 방향으로 텔레비전을 보면서 사느냐는 말이야. 너는 네가 특별히 불행하다고 생각하나 본데, 내가 보기엔 다른 사람들이랑 비슷비슷해."

어째서 이런 식으로 말하게 되었는지 알 수 없다. 종일 같은 꿈을 반복해 꾸었지만 마찬가지였다.

침대는 침묵으로 묵직했다. 그것을 견디기 위해 아무 음악이나 틀어보았다. 경쾌한 리듬의 기타 반주가 길게 흘러나오다가 맑은 타악기 소리가 끼어들고,

낮은 목소리의 남자가 가사를 읊었다. 반주는 단조로웠고 노래도 특별한 것 없이 중간 톤으로 이어졌다. 앨범의 예닐곱 번째 곡으로 어울릴 법한, 별거 아닌 노래였다.

#

주말이 갔지만 조는 돌아오지 않았다. 대신 나는 몸이 한결 가뿐해져서 침대에서 빠져나올 수 있었다. 고양이 화장실을 치워주고, 수도꼭지를 비틀어 물을 틀어주고, 바닥의 먼지를 쓸고, 늦은 점심을 챙겨 먹은 다음 창문을 열어 환기했다. 어제까지의 더위는 모두 장난이었다는 듯이 차가운 바람이 밀려들었다. 말을 뒤집듯 바람이 뒤집히는 이유는 무엇일지 생각해보았으나 떠오르는 것은 전혀 없었다.

창밖에서는 한두 방울씩 비가 떨어지고 있었다. 비가 내리니 집 안에서는 고양이 털과 얼음 냄새가 나기 시작했다. 전화가 왔고, 나는 반사적으로 그것을 받았다.

"여보세요?"

「….」

뒤늦게 확인하니 모르는 번호였다. 그대로 끊어버릴까 하다 조금 더 기다려보기로 했다.

"…."

「고모야. 기억하니?」

"네."

「….」

"왜 전화하셨어요?"

「몇 번 전화했는데 도무지 연결되지 않더구나.」

내가 물어본 것에 대한 대답은 아니었기 때문에, 나는 다시 왜 전화했느냐고 물었다.

「네 어머니에게서 연락이 왔어. 일단 번호를 알려주긴 했는데, 너도 알고 있어야 할 것 같아서. 그나저나 너 지금 어디에 사니?」

"서울이요."

「그러니까 서울 어디?」

"…."

「그래, 됐다. 그 말 하려고 전화했어. 주소는 우리도 모른다고 하고 알려주지 않았어. 정말로 모르니까 어쩔 수 없지만.」

"네."

「잘 지내니?」

"네."

「그래…. 다행이네.」

"…."

「이왕 전화했으니 하는 말인데, 네 아버지 납골당 안치 기간이 곧 끝나. 연장하든지 옮기든지 해야 하는데, 아무래도 네가 결정하는 편이 낫지 않겠니? 이젠 성인이니까 말이야. 비용이 좀 들겠지만….」

"그럼 제가 알아서 할게요."

「….」

"…."

「어머니에게 연락 왔니?」

"글쎄요."

「그래, 네가 알아서 할 일이지….」

"…."

전화가 끊긴 뒤 나는 침대에 누워 열린 창문을 통해 〈남겨진 골목〉을 보았다. 창문과 골목 사이로 보이는 하늘은 가느다란 틈 같았다. 맑은 라벤더 빛이었던 하늘에 점점 흰색과 붉은빛이 섞여 어두워지고, 그 위로 천천히 옅은 구름이 지나갔다. 구름에도 해가 비쳐 그림자가 들었다. 어쩐지 그것은 손에 잡힐 것처럼 가깝게 느껴졌다. 구름이 다 지나가기도 전에 노을이 번졌다. 나는 그것이 또 순식간에 어두운 하늘로 변하고 말 것이라는 사실을 알고 있었다. 알면서도 잠시만 더 누워 있기로 했다. 일어날 마음이 들기를 기다리면서.

#

설리가 먹는 족족 사료를 토해내 병원에 데려갔다. 늘 가던 동물 병원이 문을 닫아 버스로 다섯 정거장 떨어진 큰 병원으로 가야 했다. 고양이를 데리고 버스를 탈 자신은 없어 택시를 불렀다. 그러는 동안에도 조에 대해 생각했다는 것을 깨닫고, 나는 약간 울적해졌다.

여러 가지 검사를 해본 결과 설리에겐 별 이상이 없는 듯했다. 약간의 의아함과 안도감과 함께 내게 돌아온 것은 팔십칠만 원어치의 청구서였다.

집으로 돌아와 달력에 작은 글씨로 표시된 절기를 확인했다. 오늘은 '백로白露'였다. 설명을 찾아보고, 조가 돌아오면 말해줄 생각으로 그것을 달력 밑에 적어두었다.

#

백로. 나는 중얼거리며 잠에서 깼다. 차갑고 조그마한 것이 뺨에 닿았다. 오래전에 가라앉은 배가 인양되는 것처럼 천천히, 깊은 잠에서 끌어올려졌다. 무어라 말하려는 듯 밤비가 희미한 목소리로 울었다. 상황을 제대로 이해할 수 있을 때까지 한참이 걸렸다. 뺨에 닿았던 차가운 것은 설리의 앞발이었다. 그것은 아주 작았고, 지우개처럼 딱딱했다. 설리는 죽어 있었다.

고양이가 죽었을 땐 어떻게 하는 것일까. 나는 누구에게라고 할 것 없이 물었다. 고양이의 죽음에는 행정적인 절차가 수반되지 않을 것이었다. 일단 냉동실을 비운 다음 설리를 얇은 이불로 잘 감싸 그 안에 넣었다. 왠지 얼어 죽을 것 같아 겁이 났지만 죽음을 잠시 멈춰두고 싶다는 마음뿐이었다. 냉동실 문을 닫고, 그 앞에 주저앉아 밤비와 잠시 울었다.

앞으로 우리는 새벽녘 냉장고 앞에서 자꾸만 마주치게 될 것이다. 그러면 잠시 바닥에 앉아 설리의 이름을 불러보다 어쩔 도리 없이 침대로 돌아가겠지. 나와 밤비를 돌보던 것은 분명히 설리였다. 우리는 그 빈 자리를 어찌해야 할지 몰라 아주 오랜 시간을 헤맬 예정이다. 나는 이렇게 생각하고 또 울었다. 어째서 모든 죽음은 이렇게도 일방적인 것인지 알 수 없었다.

#

백로에서 이틀 뒤에 조가 돌아왔다. 아무것도 묻지 않았더니 아무 말도 하지 않았다. 그는 달력에 그려진 동그라미 두 개를 보고 알 수 없다는 표정을 지었다. 바로 저녁 식사 준비를 하려는지 냉동실 문을 열었고, 잠시 그대로 서 있다가 문을 닫았다. 나는 설명할 수가 없어 설명하지 않았다. 조용히 화장실로 가서 울었다.

눈물을 닦고 나오니 조가 벽을 보고 앉아 있었다. 나는 침대맡에 걸터앉았다. 진한 연필로 힘주어 칠한 것 같은 정적이 방 안 가득 깔렸다. 작은 방의 빨래 바구니 안으로 들어가는 고양이 발소리가 들릴 만큼 깊고 진한 정적이었다. 무엇이든 떠들고 싶었기 때문에 입을 우물거려보았다. 하지만 모든 말이 의미를 잃고 입가에서 부스스 떨어지는 듯했다. 조도 마찬가지인지 지친 표정으로 벽만 뚫어지게 바라보고 있을 뿐이었다.

“이 벽 모서리에 아저씨가 붙어 있었지.”

마침내 먼저 할 말을 찾아낸 것은 조였다. 응, 하고 대답하며 나는 고개를 끄덕였다.

“아저씨는 어디로 갔을까?”

어딘가 여기보다 좋은 곳으로 갔을 거라고 대답하고 싶었다. 그러나 그전에 조가 손을 뻗어 머리칼을 넘겨주었다. 나는 가만히 고개를 기울인 채로 무릎을 내려다보았다. 작고, 창백하고, 힘없어 보이는 무릎이었다. 어느 곳 하나 그렇지 않은 부분이 없는 듯했다. 작고, 창백하고, 힘없어 보이는 것. 그것이 나라는 인간의 정체일지도 몰랐다. 조는 몇 번이나 머리칼을 다시 넘겨준 다음 손을 내렸다.

“설리가 죽었어.”

나는 겨우 이렇게 말했다. 눈으로 조의 어깨를 따랐다. 창밖의 남겨진 골목으로부터 들어오는 가로등 빛이 그의 상박에 짙은 그림자를 드리우고 있었다. 빛이 옷의 주름과 어깨의 가장자리를 따라 쭈글쭈글한 흰 선을 그렸다. 선은 조의 뺨을 갈라 위쪽으로 타오르다가 머리칼에서 산산이 흩어졌다. 그 때문인지 조는 오래된 사진 속 인물처럼 보였다.

복잡한 각도로, 조는 고개를 오랫동안 끄덕였다. 나의 손을 양손으로 모아 쥐었다. 천천히 고개를 내려 나의 손에 얼굴을 파묻었다. 손가락 사이로 그가 내뿜은 입김이 서렸다. 저녁 나절의 공기를 타고 그의 온기가 전해져왔다. 주변은 아주 조용했고, 아주 멀리 떨어진 곳에서 자동차 문 닫는 소리까지 선연히 들려왔다. 나는 한 손은 조에게 붙잡힌 채로 다른 한 손을 들어 그의 머리칼을 쓰다듬었다. 그다지 날이 덥지 않은데도 그의 머리칼은 땀으로 젖어 있었다. 문득 그의 목덜미에서 향수 냄새가 난다는 사실을 알아차렸다. 조의 양손에 힘이 들어가고, 그 안의 내 손은 따뜻한 액체로 젖어들었다.

눈물이 번진 얼굴을 들어 조는 내게 입을 맞추었다. 잠시 후 그의 따끈따끈하고 부드러운 머리가 내 어깨 위로 떨어졌다. 나는 그것을 그냥 오랫동안 안고 있었다. 부쩍 선득해진 공기가 그 열기를 식힐 때까지. 두려운 기분이 드는데 무엇이 두려운 것인지도 알 수 없었다. 지금이라도 조의 얼굴을 들어 입을 맞추라고 누군가 먼 곳에서 소리쳤다.

#

그날 밤 나는 우물에 들어앉은 꿈을 꾸었다. 우물 바닥에는 카드 한 벌이 있었다. 나는 그것을 뒤집고 또 뒤집었다. 그러나 내 카드에는 뒷면이 없었다.

#

태양이 빨갛게 익었다. 어디선가 바다 냄새가 바람에 묻어 날아오고 공기 중의 수분이 얼굴에 달라붙었다. 밤비는 기특하게도 평소보다 물을 많이 마셨다. 저녁나절 선선한 공기를 기대하고 밖으로 나가면 석양과 그림자가 길게, 아주 길게 늘어졌다. 건물의 한쪽 벽면이 온통 오렌지빛으로 물들었다. 따뜻한 물에 적신 수건을 얼굴에 지그시 누르듯 햇살이 따뜻했다. 그런 날에는 밤조차 잘 오지 않았다. 모든 것이 영원할 것처럼 오렌지빛 햇빛 안에 머물러 있었다. 저녁의 중력은 조금 더 무겁기라도 한 듯 시간은 아주 느릿느릿 움직였다. 기차 안에서 아주 멀리 있는 풍경을 보는 것처럼 도저히 빠져나갈 수 없을 만큼 느렸다. 그러나 여름 한복판에서조차 우리는 그 계절이 찰나에 지나갈 것이라는 사실을 알고 있었다. 잠시라도 여름에 대해 생각하는 것을 멈추면 어느새 아무것도 없는 흉흉한 밤 한복판에 떨어져버릴 것이라는 사실을.

조가 죽은 날은 아무런 절기도 아니었다.

그의 장례식에는 가지 않았다. 장례식에 가는 것은 왠지 모순적으로 느껴졌다. 장례식에 간다고 해서 달라질 일은 하나도 없었다. 조는 한밤중에 본가의 자기 방에서 일어나 잠옷 차림 그대로 조용히 나갔다. 담요 한 장만을 가지고. 택시를 타고 이 근처까지 와서 오래된 집들 사이로 걷다가, 아무도 지키지 않는 건널목 차단봉을 넘었다.

그는 선로의 어느 지점을 골라 앉았다. 담요를 둘둘 말고 선로와 직각으로 누웠다. 신산스러운 소리로 바람이 울던, 이제는 더 이상 여름이라고 할 수 없는 그 새벽에, 조가 선로를 베고 누워버렸다는 사실을 알아차린 사람은 아무도 없었다. 그날 아침 여섯 시 사십팔 분에서 몇 초 전, 그는 그렇게 죽었다.

조의 죽음을 어떻게 알게 되었는지 전혀 기억나지 않는다. 여느 주말처럼 그는 외출 중이었다. 아마 전화를 받았을 것이다. 병원이나 장례식장의 직원이 조의 이름과 죽음을 통보하듯 알려주었으리라. 왠지 그 순간이 전혀 기억나지 않는다. 주말 아침 조가 문을 나서던 순간과 그의 죽음 사이가 가위로 도려낸 것처럼 깨끗이 잘려 있다.

그런데도 이토록 구체적인 이미지를 떠올릴 수 있는 것은 기이한 일이다. 아무도 내게 이렇게까지 자세히 알려주지는 않았을 텐데. 나는 그의 장례식에 가지 않았다. 이제 와 뭔가 해보기엔 너무나도 확실한 죽음이었기 때문이다.

#

그날 밤에는 오랫동안 세찬 바람이 불었다.

골목으로 통하는 창문이 마치 집 안으로 들어오고 싶은 것처럼 바람에 덜컹덜컹 흔들렸다.

#

눈을 감고 한 바퀴 돈 다음, 나는 미아가 되었다.

#

잠에서 깨어 시계를 확인하니 네 시 십 분 전이었다. 나는 침대 위에서 자세를 바꾸었다. 등을 붙이고 누우니 심장이 두근거릴 만큼 차가웠다. 밤비는 무릎 근처에서 자다가 나 때문에 잠에서 깬 듯했다.

냉장고 앞에 앉아 미지근한 물을 마셨다. 밖에서 자동차가 지나가는 듯 낡은 엔진 소리가 들렸다. 어스름한 새벽 공기는 파랗게 물들어 있었다. 새벽에 불을 밝히니 집 안이 낯설어 보였다. 부엌 바닥엔 황야의 벌판처럼 커다란 먼지가 데굴데굴 굴러다녔다. 조그만 목소리로 밤비가 야옹 울었다. 우리는 쪼그려 앉아 냉각기 돌아가는 소리를 들었다.

머릿속을 떠다니는 단어는 하나같이 변변찮은 것이었다. 어떤 것은 너무 탁했고, 또 어떤 것은 필요한 것에 비해 너무 컸다. 모든 단어에 '너무'가 붙었다.

잘 자, 나는 설리에게 인사하고 일어섰다. 밤비가 한 걸음 뒤에서 침대로 따라 들어왔다.

#

매일 밤마다 번호도 매기지 못한 이야기들이 흘

러나와 베개맡에 고인다.

그런 밤에는 밤비와 냉장고 앞에서 마주친다. 한참 동안 냉각기 돌아가는 소리를 듣고, 부엌 바닥에 희미하게 깔린 먼지와 얼음과 하수구 냄새를 맡고, 빌어먹게도 배가 고프다는 사실을 알아차린 다음에야 우리는 침대로 돌아간다.

침대로 돌아간다.

#

조의 부모는—그들은 스피커폰을 켜두고 회의하는 것처럼 동시에 이야기했다—호텔 이름을 댔다.

「하얏트.」

그리고 잠시 틈을 두고

「그랜드 하얏트요.」

두 번 다 알겠다고 대답했지만, 나는 하얏트라는 호텔이 서울에 몇 개나 있는지는 알지 못했다. 어쩌면 역 앞마다 하나씩 있을 수도 있었다. 그냥 택시를 타고 그랜드 하얏트,라고 말하면 데려다주는 곳인 걸까? 생각해보면 당연한 일이지만 호텔 로비에 카페가 있다는 것도 생각해본 적 없었다.

전화를 끊고 앞으로 무엇을 해야 할지 간추려보았다. 물에 잠긴 채로 생각하는 듯한 기분이 들었다. 일단 양치질을 하고 옷을 갈아입어야 한다. 얼마 동안이나 제대로 잠을 자지 않았는지 헷갈렸다. 조가 나간 날부터 날짜를 제대로 셀 수 없었다.

거울을 보지 않고 립스틱을 바른 후 큰길로 나갔다. 다가오는 택시를 잡아 타고 곧바로 그랜드 하얏트라고 말했다. 기사는 말 없이 차를 돌렸다. 룸미러에 비친 눈에 할 말이 있어 보였지만, 나는 입을 굳게 다물고 택시가 도심을 가르는 광경을 지켜보았다. 사람이 너무 많았다.

#

"덕분에 장례는 무탈히 치렀습니다."

조의 아버지는 약간 고민하는 듯하다가 명함을 한 장 꺼내 테이블 위에 올려두었다. 명함에는 이름과 소속, 직함과 이메일뿐 전화번호는 없었다. 그는 여러 가지 일을 공평하지 않게 처리하는 데 능숙한 듯했다.

의무감을 느낀 것처럼 그가 괜히 넥타이를 바로잡았다. 그러나 넥타이는 셔츠 위에 자를 대고 그린 것처럼 똑바로 매달려 있었다. 작고 섬세한 말 모양의 커프스 버튼이 눈에 들어왔다. 호감형의 중년 남자라고 나는 생각했다. 나이에 어울리게 적절히 센 머리에 눈썹은 짙고 검다. 미간이 좁고 눈이 깊다. 공들여 관리한 것처럼 피부는 매끈하다. 보기 좋은 주름이 서너 개 패어 있다. 꼭 정치인의 전성기 때 모습 같다. 조와는 전혀 닮지 않았다.

그리고 조의 어머니. 그 역시 조와는 전혀 닮지 않았다. 화면을 통해 본 것보다 훨씬 나이 들어 보였다. 막 아들을 잃은 탓인지 눈가에 근심이 가득했지만 그것을 굳이 숨기려 하지도 않았다. 생각에 잠겨 있었고, 옆에서 무슨 말을 하든 그 생각에서 빠져나오려 하지 않았다. 어쨌든 조와는 전혀 닮지 않은 얼굴이다. 조와 이 두 사람을 나란히 세워두고 보더라도 공통점을 전혀 찾을 수 없을 것 같다. 조는 이 둘을 합친 것보다 더 컸다.

"몇 가지 확인하고 싶은 점이 있어 만나자고 했습니다. 마찬가지로 힘든 시기를 보내는 중이라 당황스럽겠지만, 별안간 자식을 잃은 부모 마음을 조금이라도 헤아려주시기 바랍니다."

조의 아버지가 말했다. 그는 재빨리 커피잔을 들어 한 모금 마셨다.

"석연치 않은 부분이 몇 군데 있습니다."

"석연치 않은 부분이요?"

"아들과 가까운 사이였지요?"

나는 어깨를 움츠러뜨렸다. 앞에 놓인 얼그레이티를 한 모금 마셨다. 차는 그새 한 눈금 정도 식어 있었다. 함께 살았습니다, 하고 답하는 나의 목소리는 남의 것처럼 거칠고 작았다. 알아들었다는 듯이 조의 아버지가 고개를 끄덕였다. 누군가 시간을 물어보면 반사적으로 시계를 보는 것처럼 의미 없는 동작이었다.

"저는 아니었습니다. 솔직히 말하자면 그렇다는 겁니다. 아들이 어렸을 적에는 종종 여행도 다니고 함께 시간을 보내려 노력했지만 자라면서 그럴 기회도 줄었습니다. 흔한 이야기지요. 아무튼 흉금을 터놓고 이야기하는 부자 사이는 아니었습니다.

하지만 어디까지나 평범한 부자였습니다. 특별히 살갑게 지내는 편은 아니었어도 불화가 있지는 않았어요. 시간이 지나 아들이 사회에서 제 역할을 하기 시작하면 좀 더 어른스러운 대화를 할 수 있겠거니 막연하게 생각만 했었습니다. 딸의 경우에는 어떤지 모르겠지만, 대부분의 부자 관계란 이런 모습일 겁니다. 서로 서먹한 듯 보여도 실은 묵묵히 신뢰하고 있는 거죠. 저도 그렇게 자랐고, 아직까지도 아버지와 살갑게 지내지는 못하지만 마음 깊이 존경하고 있습니다.

제 경우에는 지나치게 엄한 아버지도 아니었다고 생각합니다. 부모로서 꼭 해줘야 할 이야기를 제외하면 꾸중을 하거나 언성을 높인 적도 없어요. 아들도 늘 어른스러운 성격이었던지라 크게 반항한 적 없습니다. 사춘기도 조용히 지나간 편이었고요. 늘 아들의 의사를 존중해주려고 노력했습니다. 대학에 진학하면서 독립하고 싶다기에 아파트를 얻어주었고, 생활비도 부족함 없이 지원해줬어요. 그러면서도 집에 아들 방은 그대로 남겨두어서 내키면 언제든 와서 지내게 했고요. 실제로도 종종 와서 지냈고, 죽기 며칠 전에도 왔었다고 알고 있습니다.

당연히 독립해 나간 아파트에 죽 살았으려니 했습니다. 그런데 신변을 정리하며 확인해보니, 얻어준 아파트는 전세 주고 다른 데서 살았던 모양이더군요. 대출도 잡혀 있었고요."

그는 가볍게 숨을 몰아쉬고 있었다. 대답을 기대하는 것처럼 나를 물끄러미 바라보았다. 잠깐 틈을 둔 뒤, 그가 다시 말했다.

"대출을 받을 이유는 없습니다. 무엇이든 부족함 없이 키웠다고 생각합니다. 돈이 필요하면 달라고 하면 되는 문제예요. 굳이 아파트를 담보 잡혀 대출을 받는 것보다 훨씬 간단하죠. 지금까지도 매달 용돈을 보내주고 있었으니 아들로서도 그다지 거리낄 것 없었을 겁니다.

저희 몰래 큰 빚이라도 진 것일까 싶었습니다. 말하기도 겁이 나 몰래 대출을 받고, 그것으로 변제한 것이 아닐까 생각했어요. 도박이라든지 하는 이유로요. 알아보니 빚은 없었습니다만, 대신 생소한 사실들이 드러났습니다. 제대로 졸업한 줄 알았던 대학은 삼 학년을 마치고 중퇴했고, 근방에서 허름한 술집을 경영했더군요. 아파트를 전세 주고 받은 돈의 일부가 그쪽으로 흘러 들어간 것처럼 보였어요. 나머지는 가지고 있다가 생활비 등으로 까먹은 듯한데 확실하지는 않습니다.

충격적이었습니다. 아들에 대해서 제대로 알고 있

던 것이 하나도 없었습니다. 바로 며칠 전까지만 해도 아무렇지 않은 얼굴로 집에 들렀는데, 도대체 속에 무엇을 숨기고 있었던 걸까요. 전세 준 집에도, 운영했다는 술집에도 가보았지만 이미 다 정리된 후라 거두어들일 유품 하나 없었습니다. 그 집에 살고 있는 사람은 자기 일 아니라고 나 몰라라 하는 중이고요.

어쩌면 제 의지로 간 것이 아닐 수도 있지 않을까, 문득 이런 생각이 들자 도저히 진정할 수가 없었습니다. 그래서 나름대로 조사를 해보고 있습니다. 가능한 한 모든 수단과 방법을 동원해서요. 경찰에 아는 사람이 있어서 그쪽 도움도 최대한 받고 있습니다. 아직까지는 알아낸 것이 거의 없습니다. 저희로서는 도대체 왜 아들이 죽어야 했는지, 그것도 왜 하필 그런 식으로 가야만 했는지 도저히 알 수가 없습니다."

나는 가만히 눈을 감았다. 찻잔을 받친 손끝이 저렸다. 어지러웠고, 혼란스러웠다. 조의 아버지가 물었다.

"아들이 그 집을 나선 날짜는 기억하십니까?"

곰곰 생각해보고 나는 고개를 끄덕였다. 조의 죽음 뒤로 날짜가 희미했지만 그가 집을 떠난 날은 분명히 금요일이었다. 그는 금요일이나 토요일 오전에 외출해 일요일 저녁에 돌아온다. 아니, 돌아오곤 했다.

“기차에 치인 것은 일요일 새벽이었습니다. 그사이에 무슨 일이 있었는지 확인되지 않았습니다. 아무것도 사지 않았고, 택시는 물론 버스나 지하철도 타지 않은 듯합니다. 머물던 집 근처 폐쇄회로 카메라를 모두 확인해봤는데, 그 어디에도 찍히지 않았어요. 문자 그대로 증발해버린 것처럼 말입니다. 그러다 일요일 새벽, 전철 선로를 따라 걷는 모습이 처음이자 마지막이더군요. 나타난 방향을 통해 추적해보아도 어디쯤에서는 흔적이 뚝 끊기고요. 확실히 금요일에 집을 나선 것이 맞습니까?”

“맞아요. 주말 동안 혼자 있었습니다.”

“솔직히 말씀해주셔야 합니다.”

“솔직히 말하고 있어요.”

“아무리 확인해 보아도,” 조의 아버지는 힘을 주어 말했다. “아들은 그 집에서 떠나지 않았습니다.”

“조는 금요일 오전에 집을 나섰어요.”

“저희가 알고 싶은 것은 그 주말 사이에 무슨 일이 있었는가, 이것뿐입니다. 책임을 묻거나 원망하려고 부른 것이 아니에요. 뭔가 알고 있으리라고 기대하지 도 않습니다. 제발 솔직히 말해주셨으면 합니다."

"솔직하게 말씀드리고 있어요."

나는 이렇게 말할 수밖에 없었다. 머릿속은 여러 가지 생각으로 혼란스러웠지만, 그중에서 말로 다듬어 꺼낼 만한 것은 하나도 없었다. 조의 아버지는 허리를 약간 숙인 채 나를 올려다보고 있었다. 말 모양의 커프스 버튼이 돌연 반짝였다. 그것은 정확히 나의 눈의 한 지점을 때리고 만족스럽다는 듯이 빛을 잃었다.

조는 금요일 오전에 집을 나섰다. 그날도 그랬다. 그랬을 것이다. 정확한 시간까지는 말할 수 없어도 그날 집을 떠난 것만큼은 확실하다. 그리고 그 이후로 돌아오지 않았다. 어디에 가는지, 언제 돌아올 것인지 조는 말해주지 않았다. 아마도 내가 묻지 않았기 때문일 것이다. 아무것도 묻지 않았기 때문에 조는 대답하지 않았다. 물어볼 시간도, 대답할 시간도 충분히 있었는데도 불구하고. 그날 밤에는 창밖 골목에 오랫동안 세찬 바람이 불었다. 나는 밤새도록 창문이 덜컹거리는 소리에 귀를 기울이며 여름이 지나가기를 기다렸다. 기억나는 것은 그뿐이다. 이후로는 똑같은 밤과 낮이 시작도 끝도 없는 것처럼 이어지고 있다. 그날, 조가 다시는 우리 집으로 돌아오지 않을 것임을 알고 있었느냐고 묻는다면, 그렇다고도 아니라고도 할 수 없을 것이다.

찻잔을 들어 미지근하게 식은 차를 입술에 적시듯 마셨다. 맛은 느껴지지 않았다. 손이 떨리고 있다는 사실을 알아차리고 찻잔을 쥔 손에 힘을 주었다. 주름 같은 파동을 그리던 차의 표면이 서서히 가라앉았다. 그 위로 비치는 것은 나의 얼굴이었다. 난생처음 거울에 얼굴을 비춰보는 것처럼 그 얼굴을 오랫동안 바라보았다.

"그 집에 가봐도 될까요?"

한참의 침묵을 깨고, 돌연 조의 어머니가 물었다. 그의 말 뒤로 깊은 정적이 흘렀다. 거절할 이유가 없다는 생각이 들어 잠자코 고개를 끄덕여 보였다. 그는 산소를 보충하려는 것처럼 길게 호흡하고 있었다.

#

공영 주차장에 차를 대고, 나와 조의 어머니와 아버지는 집으로 향했다. 집 근처에는 주차할 공간이 없기 때문에 큰길부터는 걸어가야 했다. 우리는 신호등이 고장난 횡단보도를 건너고, 편의점 두 개와 카페 하나, 그리고 고깃집 세 개를 지났다. 울퉁불퉁한 아스팔트에 구두 굽이 미끄러지지 않도록 걷는 요령이 필요했다. 나는 밀림의 안내원처럼 조금 앞서서 천천히 걸었다. 잠시 뒤의 일을 생각하며 마지막 모퉁이를 돌았다. 성당 앞으로 골목이 이어지고, 그 중간에 우리 집이 있었다.

대문 안쪽으로 손을 넣어 잠금 장치를 풀었을 때 진동음이 울렸다. 조의 아버지 것이었다. 그는 인상을 한껏 찌푸리곤 모바일을 노려보더니 아무래도 받아야겠다고 말했다. 물론 내가 아니라 그의 아내에게. 그러고는 왔던 길을 빠르게 되돌아 나가며 전화를 받았다. 나는 대문을 열고 조의 어머니를 안쪽으로 안내했다.

현관문을 잠그지 않고 나왔던지 열쇠가 공회전을 돌았다. 낯선 사람이 왔다는 사실을 눈치챈 듯 밤비는 나오지 않았다. 덜 잠긴 수도꼭지에서 물이 똑똑 떨어지고 있었다. 나는 욕실로 들어가 수도꼭지를 잠갔다. 여기가 부엌이고 안쪽이 방이라고 설명해주었으나 조의 어머니는 말문이 막힌 듯한 표정으로 현관과 부엌

사이에 멍하니 서 있었다.

그를 안방으로 안내하고, 나는 부엌으로 가서 커피를 만들었다. 조가 만들어주지 않을 땐 커피를 마시지 않으므로 생각보다 시간이 오래 걸렸다. 겨우 두 잔을 만들어 돌아오니 조의 어머니는 침울한 표정으로 의자에 앉아 고양이 장난감을 만지고 있었다. 그에게 커피를 내밀고 침대 끄트머리에 앉았다. 잠시 시간이 흘렀다.

"조를 원망하지는 않나요?"

조의 어머니가 물었다. 나는 그 말의 의미를 생각해보다가 짧게 고개를 저었다. 조를 원망할 만한 이유는 어디에도 없었다. 순간 가늠하기 힘든 표정이 그의 얼굴 위로 떠올랐다가 사라졌다.

"가져가고 싶은 게 있으면 가져가세요."

내가 말했다.

"가져가고 싶은 것?"

"전부 조가 가져온 물건들이에요."

나와 고양이를 제외하면 전부. 나는 설명을 덧붙이고 그의 표정을 살폈다. 그는 아주 예전에 메말라버린 것처럼 건조한 표정을 짓고 있었다. 마찬가지로 건조한 목소리로, 희미하게 중얼거렸다.

"유품을 가지러 온 건 아니에요. 어차피 어떤 물건을 쓰며 살았는지도 모르니까."

"그런가요."

"어느 날 문득 죽어버리는 아이들은 강가에 널린 돌멩이처럼 많더군요."

"강가에 널린 돌멩이…."

"그만큼 흔하다는 뜻이에요. 아주 많은 아이들이, 그러니까 서른 살쯤 된 누군가의 아이들이 제각기 다른 사정 때문에 문득문득 죽어버리더군요. 세상에서는 그런 일이 일어나고 있어요. 나도 전혀 모르고 있다가 아들이 어떻게 죽었는지 조사하는 중에 알게 되었어요."

서른 살쯤 된 아이들. 나는 조와 조의 나이를 떠올렸다. 조라면 서른 살이라는 단어를 듣자마자 또 기요틴 이야기를 했을지도 모른다. 그는 그것이 일종의 무기라도 되는 양 늘 서른 살과 기요틴 이야기를 했다. 그 이야기를 할까 하다가 마음을 고쳐먹었다. 그 이야기를 제대로 설명하기는 힘들다. 섣불리 설명하려 했다가는 조가 서른 살이 되자마자 자살할 계획을 세웠다는 것처럼 들릴 것이다. 그는 죽을 계획으로 살지는 않았다. 기요틴 이야기는 어디까지나 농담이었다. 중요한 것은 그 앞뒤다. 대신 나는 이렇게 말했다.

"언젠가 조는 얻어맞고 싶다는 이야기를 한 적이 있어요. 실컷 얻어맞고 나면 시원해질 것 같다고요."

"얻어맞고 싶어 했다고요?"

"문자 그대로의 의미는 아니었다고 생각해요."

"그럼 어떤 의미로 말한 것이었을까요?"

조의 어머니는 바닥을 바라보며 울적한 표정으로 물었다. 설명해주고 싶었으나 내가 대체 조에 대해 뭘 알고 있는지 확신할 수 없었다. 그 말을 들은 당시에는 전부 알고 있다고 생각했는데. 우물쭈물하는 사이 그가 말했다.

"나는 단 한 번도 그 애를 때린 적이 없었어요. 어렸을 땐 참기 힘들 만큼 떼를 쓰거나 심한 장난을 칠 때도 있었지만 차라리 응석을 받아주는 편이 나았으니까요. 그 애 아버지가 말한 것처럼 갖고 싶다는 건 뭐든 사주었고, 하고 싶어 하는 일들도 전부 하게 해주었죠. 부족함 없이 키우고 싶었어요. 하지만 뭔가 부족했었나 봐요."

얻어맞으면 시원해질 것 같다니, 그는 바람 소리처럼 덧붙였다.

"때리지 않았던 것이 잘못은 아니었을 거예요."

"잘못은 아니겠죠. 한 번도 얻어맞지 않고도 잘 자라는 아이들은 많으니까요. 다만 굉장히 불공평한 일이라고 생각해요."

"불공평한 일?"

"나는 지금껏 슬프다는 말도 하지 않았어요. 내 아이가 죽었는데, 어미로서 슬프다는 말밖에 못 하는 건 불공평하잖아요. 장례를 치르는 동안에는 사람들이 위로한답시고 말을 건네도 대답하지 않았어요. 아이를 잃어보지 않은 사람과는 말도 하고 싶지 않아요. 정말로, 한 번도 울지 않았어요. 기자들이 와서 사진을 찍어대는데, 난 그냥 이런 표정으로 서 있었어요."

그는 혀를 깨문 듯한 표정을 지어 보였다. 이 시간이 얼른 지나갔으면 좋겠다는 것처럼 노골적으로 허공을 응시하는 표정이었다. 위로할 말을 찾아 주변을 둘러보았지만, 조가 떠난 집에는 남아 있는 것이 별로 없는 것처럼 보였다.

"내 아버지도 당신 뜻으로 가셨어요."

나도 모르게 말이 튀어나왔다. 그가 고개를 들어 나를 바라보았다. 나는 조심스럽게 단어를 골라 말을 이었다.

"물론 조에 비하면 훨씬 온건한 방식이었지만, 일방적인 것은 마찬가지였죠. 아버지는 어느 날 갑자기 현관에 목을 매고 죽었어요. 뭘 어떻게 해보기엔 늦었고, 죽은 사람에게 왜 죽었느냐고 따져 물을 수도 없었어요. 저는 아버지에 대해 잘 몰랐어요. 친척이라는 사람들도 그날 처음 보았고요. 아버지 스스로는 과연 잘 알고 있었을지 의문이에요. 영정으로 쓸 만한 사진 한 장이 없어서, 아버지 지갑에서 주민등록증을 꺼내 썼어요. 그마저도 너무 오래된 사진인 데다가 조그만 사진을 크게 확대해 복사하는 바람에 도저히 아버지처럼 보이지는 않더라고요.

그래서인지 생전의 모습보다 죽은 다음의 일들이 더 생생하게 기억나요. 예컨대 유골함. 제 경우에 기자들은 찾아오지 않았지만, 아니 애초에 조문객이 거의 없었지만, 그걸 들었던 감각은 비슷했으리라 생각해요. 너무도 뜨겁고, 또 무겁죠. 그 상황에는 도무지 어울리지 않을 정도로. 직접 들어보지 않고서는 절대로 모를 거예요."

나는 잊고 있던 커피를 조금 마셨다. 커피는 손바닥 안에서 미지근하게 식어 있었다. 눈을 감고 커피의 온기가 조금씩 손바닥으로 옮겨오는 감각을 느꼈다. 손바닥이 충분히 따뜻해졌는데도 커피가 다시 뜨거워지지는 않았다. 열은 시간처럼 천천히 한 방향으로만 흘렀다.

조의 어머니는 한참을 곰곰 생각해보다가 물었다.

"위로해주는 건가요?"

"네."

"고마워요. 놀랍게도 도움이 되네요."

"한 가지 물어봐도 될까요?"

"물어봐요."

"조를 원망하나요?"

본능적인 것처럼 그의 시선이 빈 벽을, 아저씨가 있던 그 자리를 향했다. 얼굴보다는 오히려 표정과 자세에서 나는 조의 모습을 읽어낼 수 있었다. 그가 말했다.

"원망하지 않아요. 실은 당신을 원망하고 싶었어요. 그래서 이 집에도 와보겠다고 한 거고요."

"저를요?"

"그래요. 당신이 형편없는 사람이었으면 좋겠다고 생각했어요. 아들이 죽어야만 했던 이유도 당신에게 있으면 좋겠다고 생각했고요."

"제게 있는 것 같나요?"

"아니요." 그는 고개를 저었다. "그런 건 누구에게도 없어요."

아무 일도 일어나지 않고 잠깐의 시간이 지나갔다. 문득 조의 어머니에게 남겨진 골목을 보여줄까 싶은 생각이 들었다. 그러나 왠지 그렇게 하면 안 될 것만 같았다. 골목은 조와 나와 고양이들을 위한 장소였으니까. 골목을 보여준다고 해도 그는 그 의미를 알 수 없을 것이었다. 빈 옷장이나 망가진 텔레비전처럼 대할지도 모른다. 그럼 그곳은 순식간에 그렇게 되고 만다. 그렇게 둘 수는 없을 것이다. 골목은 우리가 그곳에 가야 할 상황에 처했을 때 기꺼이 받아주는 마지막 장소였으니까.

조의 어머니는 깊은 생각에 잠긴 표정을 하고 있었다. 나는 그가 조의 재가 담긴 뜨거운 항아리를 품에 안는 장면을 떠올렸다. 항아리 안의 재가 발하는 뜨거움이 손바닥을 덥히는 감각을, 그리고 그것이 얼마나 무거웠을지를 생생히 그려볼 수 있었다. 손과 팔의 근육이 당신은 여전히 살아 있다고 외치는 그 순간을. 그는 한동안 침묵하고 있었다. 그리고 정적에 정적을 보태듯 아주 작은 목소리로 이야기를 시작했다.

"어떤 이를 보면 그가 늙었을 때의 얼굴을 아주 상세히 떠올려볼 수 있어요. 미래를 볼 수 있는 것처럼, 나는 그냥 알아요. 하지만 이 능력은 반대편으로는 전혀 작용하지 않아요. 어떤 늙은이를 보더라도 그의 젊은 시절을 추측해보기는 불가능해요. 어렸을 때부터 나의 가장 큰 걱정은 노인이 된 다음 거울을 볼 일이었어요.

이것과는 조금 다른 이야기지만, 나는 늘 아이를 원치 않았어요. 고등학생 시절에, 내 아이를 이미 만난 적이 있기 때문이었어요. 설명하기에는 지나치게 긴 이야기예요. 어느 날, 여러 개의 우연이 절묘하게 겹쳐 일어난 일이었죠. 비유해보자면, 늘 타던 시간에 기차를 탔는데 왠지 평소보다 삼십 분이나 일찍 사무실에 들어서게 되는 경우처럼. 전혀 좋은 비유는 아니겠지만 내가 느끼기엔 그랬어요.

결론적으로 말하자면 당시의 나는 그 아이를 전혀 받아들일 수가 없었어요. 그래서 일찌감치 아이는 포기하고 살았죠. 확신이 있었어요. 나이가 차니 주변에서 아이를 낳으라는 말을 하기 시작했지만 전혀 신경 쓰지 않았어요. 의사로 일하며 이미 아이는 충분히 많이 보았고, 일도 바빴고, 바쁜 만큼 잘 되어가는 중이었거든요. 아이를 낳아야 할 이유도, 그러고 싶은 생각도 없었어요.

그러다 아들이 생겼어요. 일이 바빠 증상을 무시하고 싶었던 것인지 임신 사실을 아주 늦게 알게 되었죠. 어쩔 수 없다는 식으로 나는 그 아이를 낳았어요. 그런데 낳자마자 그 애를 사랑한다는 사실을 깨닫게 된 거예요. 무슨 짓을 해도, 아무 짓도 하지 않아도 예뻐서 어쩔 줄을 몰랐어요. 왜 예전에는 이 아이를 받아들일 수 없었던 건지 알 것 같았어요. 아이에게 느낄 사랑은 그때까지 내 안에 있던 어떤 것보다도 컸기 때문에 낯설게 느껴졌던 거예요."

그는 그 이야기의 결론을 내리지 않고 한참 침묵했다. 어느샌가 전화벨이 울리고 있었다. 확인하는 것을 보아 남편인 듯했다. 그를 현관까지 배웅한 뒤 나는 포트에 물을 끓여 마시던 커피에 섞었다. 창밖에서 고양이 울음소리가 들렸다. 창문을 열어주니 밤비가 저 멀리서 천천히 다가와 방 안으로 폴짝 뛰어내렸다.

남겨진 골목에는 아직 햇빛이 한 조각 정도 남아 있었다. 나는 커피잔을 손에 들고 창문 밖의 햇빛 조각을 바라보았다. 비치 체어 위로 하얗게 빛나는 짧은 사각형이 그려졌다. 재잘거리는 새소리가 날아왔다. 밤비가 내 다리에 이마를 부딪치며 빙글빙글 돌았다. 이마의 털이 햇볕을 머금어 부드럽고 따뜻했다. 선 채로 커피를 다 마시고 창문을 당겨 닫았다. 그리고 잠시 유리창 표면의 잔물결 무늬를 바라보았다.

#

조. 너는 어디에 있었던 거야?

#

새벽녘에 불현듯 눈을 뜬다. 날씨가 선득해지면 오래된 지병 같은 불면이 찾아오기 때문이다. 그럴 때의 나의 기억은 온전치 않다. 아직 발견하지 못한 화석 생물을, 그러니까 진화의 고리에서 빠져 있는 멸실

환을 찾는 고고학자처럼 기억의 지층을 더듬으면 언제나 설리가 야옹 울며 나온다.

그런 새벽에는 냉장고 앞에서 밤비와 마주친다.

#

산다는 것이 마치 이야기를 쓰는 것처럼 느껴질 때가 있다고, 언젠가 조는 말했었다. 이쯤에서 의미 있는 대사를 던져야 할 것 같다고 느껴지는 순간이 있다고. 그러지 않으면 슬슬 졸작이 되어버릴 텐데, 도대체가 할 말이 없어서 문제라고. 사는 것 자체에 그다지 재능이 없는 것 같다고.

사람은 왜 사람을 미워하고 좋아하는 걸까?

나는 그때 별 의미 없이 이렇게 물었었다. 조는 한참 생각해보다가, 그것이야말로 사람이 사람을 만들었다는 증거라고 답했다. 그 의미불명한 답에 한참 웃었던 기억은 나는데, 그것이 정확히 언제였는지는 전혀 떠오르지 않는다.

#

〈기차에 치인 것은 일요일 새벽이었습니다. 그사

이에 무슨 일이 있었던 것인지 확인되지 않습니다. 아무것도 사지 않았고, 택시는 물론 버스나 지하철도 타지 않은 듯합니다. 머물던 집 근처 폐쇄회로 카메라를 모두 확인해봤는데, 그 어디에도 찍히지 않았어요. 문자 그대로 증발해버린 것처럼 말입니다. 그러다 일요일 새벽, 전철 선로를 따라 걷는 모습이 처음이자 마지막이더군요. 나타난 방향을 통해 추적해보아도 어디쯤에서는 흔적이 뚝 끊기고요. 확실히 금요일에 집을 나선 것이 맞습니까?〉

#

차라리 잠이 올 때까지 책을 읽거나, 세 자릿수의 곱셈을 하거나, '다람쥐 헌 쳇바퀴에 타고파' 같은 팬그램을 만들어보거나, 벌떡 일어나 하루를 일찍 시작해버리는 편이 낫겠다. 몇 시가 되었든 상관 없이 일단 일어났다가 잠이 오면 자는 것이다. 술을 마시는 것도 도움이 되겠으나—사실 내일의 잠을 끌어다 쓰는 것과 다름 없는 일이라서—도저히 참을 수 없을 때까지 참아야겠다. 잠이 올 때까지 잠을 참는 것처럼.

#

이런 장면이 있을 수도 있다. 나는 동글동글한 회색 조약돌이 넓게 깔린 강가에 앉아 있다. 몇몇인가 낚시꾼들이 배경처럼 한참이나 낚싯대를 드리우는 중이다. 산란하는 황혼의 햇빛 탓에 그들은 오래된 유화처럼 조각 나 보인다. 가끔 날카로울 만큼 희고 선명한 빛으로 강과 태양과 하늘을 분리하고, 정체를 알 수 없는 벌레는 수면 위에 작은 동심원을 일으킨다.

나는 종이컵 두 개를 갖고 있다. 하나는 내 것이고 다른 하나는 너의 것이다. 이따금 내 몫의 커피를 홀짝홀짝 마시며 윗입술로 온도를 가늠해본다. 두 커피는 각기 다른 공간에 놓여진 것처럼 서로 다른 속도로 식어간다. 너를 기다린다. 나는 문득 그 사실을 깨닫는다. 식어가는 커피를 붙잡고 불안에 잠겨 몸을 웅크린다. 하늘은 속절없는 오렌지와 라벤더, 약간의 투명한 하늘색을 띠며 뭉근히 퍼져나간다. 어둠이 주섬주섬 짐을 챙겨 다가온다. 어둠의 표정은 그 온도만큼이나 차갑다.

그리고 저 멀리, 서쪽에서부터 네가 걸어온다. 일렁임을 느끼고 얼른 돌아본 곳에는 테두리가 터진 그림자가 있다. 종이컵을 꽉 붙들고 몸을 일으킨다. 미지근한 커피의 온도를 손바닥 아래 가득 느끼며 바라본다. 그림자는 점점 커져가지만, 오래 기다려온 것들이 흔히 그렇듯 너는 영원히 도착하지 못할 것만 같다. 기대하지 않으려 애쓴다. 조금이라도 덜 실망하기 위해, 실망한 다음에도 살아가기 위해. 그러나 나의 눈은 찌그러진 그림자를 조합해 너의 얼굴을 만들고 있다. 오른쪽 귀에서 물이 참방거린다.

이런 꿈을 꾸는 날에는 골목으로 통하는 창을 바라보며 잠에서 깬다.

#

이제 시간은 입자다. 하나하나의 크기를 분간할 수 없는 아주 조그만 입자들 사이에 나는 서 있다. 시간의 순서는 더 이상 아무런 의미도 갖지 못하는 듯하다. 더 강한 중력에 이끌려 그 모양대로 휘었다. 이미 죽어버린 행성을 어루만지려는 것처럼, 아무런 의미도 없이. 지난 기억이 나를 빨아들인다. 시간은 흐르지 않고, 내 안의 무언가만이 점차 짧아진다. 그것은 아마 기요틴의 줄일 것이다.

#

어떤 날에는 아버지가 죽었다. 현관문에 열쇠를 넣고 돌리자 쇳소리를 내며 열쇠가 헛돌았다. 아침에 문을 잠그는 것을 잊었던가. 나는 고개를 갸웃하며 문을 잡아당겼다. 평소보다 문이 한참 무겁게 느껴졌다. 마르고 작은 남자의 몫만큼. 아버지는 현관문에 목을 맸다. 어깨가 축 처져 문에 박힌 듯이 보였다. 아파트 복도에서 현관문을 연 채로 나는 가늠할 수 없는 시간 동안 서 있었다.

#

〈일요일 새벽, 전철 선로를 따라 걷는 모습이 처음이자 마지막이더군요. 확실히 금요일에 집을 나선 것이 맞습니까?〉

#

나는 골목으로 통하는 창문을 닫고, 저번 달 달력을 뜯어내 그 위에 붙였다.

오늘은 '한로寒露'에서 사흘 뒤였다.

#

그럼에도 불구하고 날짜는 매일 바뀌었다. 달력의 큰 숫자 밑에 조그만 글씨로 적힌 '상강霜降'이나 '소설小雪' 같은 절기의 이름을 체크하는 것이 버릇처럼 되었다. '대설大雪'쯤 되면 실업 급여가 끊길 예정이었다.

몇 군데에 이력서를 내보았으나, 그것은 어쩐지 현실의 일처럼 여겨지지 않았다.

#

어떤 날에는 아버지가 죽었다.

#

〈확실히 금요일에 집을 나선 것이 맞습니까?〉

#

전화가 울렸다. 모르는 번호였다. 나는 습관대로 전화를 받았다.

"…."

「….」

"…."

「….」

"…."

「듣고 있니?」

고모였다.

「네 아버지 납골당 안치 기간이 끝났어. 대기하는 유골이 많다고 연장도 안 된다는데, 어쩌니? 나 원, 그 동네 사람들은 그렇게 많이들 죽나. 새로 순번을 올리든, 다른 데로 옮기든 해야 하는데 어쨌든 한번 가봐야 할 것 같아. 이번에는 꼭 안치 기간을 십 년으로 해둬. 상황이 상황이라 제일 싼 것만 찾았더니 오 년 만에 쫓아내네. 그것도 사람도 아니고 뼈를.」

#

버스에서 내리자마자 습하고 차가운 공기가 얼굴에 달라붙었다. 승객을 다 비운 버스는 얌전한 코끼리처럼 조용히 자기 자리로 돌아갔다. 짭짤한 물 냄새가 나는 듯했다. 보이지는 않지만 근처에 바다가 있기 때문일 것이다. 스무 살 이후로 이곳에 오는 것은 처음이라고 생각하며 나는 또 버스를 타러 갔다.

시내버스는 정류장마다 멈춰가며 한 시간을 달렸다. 비름, 용안, 면서, 소가정 같은 이름의 정류장이 타는 사람도 내리는 사람도 없이 지나갔지만 버스는 일일이 서서 잠시 승객을 기다렸다. 이따금 버스와 같은 방향으로 걷는 사람도 있었지만, 버스에 타지 않을 것임을 알고 있다는 듯 중간에 세우지는 않았다.

버스 기사는 다음 정류장이 다가올 때마다 고개를 들어 내 쪽을 확인하는 듯했다. 내릴 때를 놓쳤는데 계속 타고 가는 것은 아닌지 불안해하는 것이다. 그가 무어라 물어보는 것처럼 외쳤지만 엔진 소리에 묻혀 잘 들리지는 않았다. 멀미가 나서 창문을 살짝 열었다. 차창으로 들어오는 바람이 막 수확한 것처럼 차갑고 신선했다. 라디오가 정오를 알렸다.

어딘가에는 바다가 있을 것이다. 방향을 대충 가늠해보건대, 오른쪽으로 펼쳐진 논밭을 쭉 따라가다 보면 어느새 바다가 나올지도 모른다. 여기서는 한 뼘도 보이지 않지만 바다 냄새는 확실히 바람에 묻어 날아온다. 익숙한 냄새다. 먼 길을 날아오느라 흩어진 서해의 냄새. 이 도시에서 바다에 가본 적이 있던가. 아마도 학생 시절에 몇 번 가보았을 것이다. 이 도시의 바다는 푸른 선보다는 걸쭉한 웅덩이를 닮았다. 사람들은 바다 옆에 휴양 목적의 별장이 아니라 따개비 같은 살림집을 짓고 산다.

가도 가도 같은 풍경이 반복되는 중이었다. 나는 스웨터의 먼지 멍울을 손으로 잡아뜯으며 고개를 뒤로 젖혔다. 버스 창 위에 붙은 노선도를 확인하고, 다시 내다본 창밖에는 추수가 끝난 뒤 방치된 논밭뿐이었다. 낮은 둔덕 위에 서 있는 조그만 집 몇 채가 쏜살같이 지나갔다. 하나같이 도로를 구경하듯 이쪽을 향해 있었다. 저런 집엔 대체 누가 사는 걸까. 문득 궁금해하며 햇빛에 눈을 감았다.

#

아버지는 2층 백합실 8197번 안치단에 있었다. 안치단 유리문 안쪽에는 유골함과 주민등록증, 그리고 캔 커피가 하나 들어 있었다. 캔 커피를 넣어둔 기억은 없었기 때문에 나는 고개를 갸웃했다. 어쩌면 숙모나 고모들이 넣어두었을지도 모른다고 생각했다. 왜 하필 캔 커피를 갖다둔 것인지는 알 수 없었지만.

언뜻 둘러보니 주변의 안치단은 모두 액자나 목

걸이, 편지, 묵주, 추도사 같은 물건들로 꾸며져 있었다. 조화로 만든 액자를 유리문에 붙인 단도 꽤 됐다. 그중에서 아버지의 칸은 약간 쓸쓸해 보였다. 주민등록증에 적힌 아버지의 이름을 소리 내어 읽고, 나는 잠시 그대로 서 있었다. 나의 목소리는 수천 개의 유골함에 부딪혀 다시 내게로 돌아왔다.

울고 싶은 기분은 들지 않았다. 버스를 타고 이곳에 오는 길이 예상했던 것보다 길고 복잡했기 때문일 거라고 생각했다. 점점이 이어진 비름, 용안, 면서, 소가정 같은 이름의 정류장들을 지나쳐왔기 때문일 거라고 생각했다. 입하나 처서, 백로, 상강이나 입동 같은 절기도 지나쳐왔기 때문일 것이라고 생각했다. 나는 숨을 천천히 들이마셨다 내쉬었다. 어쩌면 처음부터 시간이라는 것은 흐르지 않았을지도 모르겠다고 생각했다.

시간은 어쩌면 흐르는 것이 아니라, 어떤 점에서 다른 점으로 이동하는 과정일지도 모른다. 비름에서 용안으로 간 사건이 시간이다. 비름 다음에 용안이 있고, 그다음엔 면서가 있고, 소가정이 있었던 것. 내가 그 정류장들을 일렬로 이어 붙이듯 버스를 타고 지나

쳐온 것. 입하에서 처서로 간 사건이 시간이다. 시간은 나를 그곳에 위치시키는 방식이다. 뒤로는 갈 수 없기 때문에 앞으로 흐르는 것처럼 보였을 뿐이다. 움직이는 것보다 중요한 것은, 내가 어디에 서 있는지 아는 일일지도 모른다.

멀리서 웅성거리는 소리가 들렸다. 안치실 창밖으로 언뜻 해가 비쳐 들었다. 안치단 유리문이 햇빛을 하얗게 부수어내는 것을 바라보며 잠시 소리에 귀를 기울였다. 계단을 내려가는 길에 추모하러 온 사람들과 마주쳤다. 모두의 표정은 밝았다. 이관 동의서를 쓰고 받아 든 유골함은 뜨겁지 않았다. 오히려 서늘했다.

터미널로 돌아가는 길에도 같은 번호의 버스를 탔다. 버스 정류장 앞에서는 두꺼운 재킷을 걸친 할머니가 꽃 액자를 팔고 있었다. 대형은 이만 원, 소형은 오천 원이었다.

#

고속버스를 타고 집으로 돌아가는 길에 해가 지기 시작했다. 길게 떨어지는 붉은빛이 광고판과 네모난 공장 건물을 사선으로 비추었다. 교외의 아파트 벽이 오늘의 마지막 햇빛을 담뿍 빨아들이고 있었다. 서울에 가까워졌는지 차가 밀렸다. 차가 밀리는 장면을 보고 있으려니 왠지 배가 고팠다. 터미널에 내리면 우동을 사 먹어야지. 옆 좌석에는 쇼핑백에 담긴 아버지가 놓여 있었다.

#

버스는 깊은 터널 안을 지나는 중이었다. 얼핏 잠들었다 깨어나니 전화가 울리고 있었다. 이번에도 모르는 번호였다.

"…."

「….」

"…."

「여보세요?」

"네."

「….」

"…."

「엄마야.」

"…."

「….」

"…."

긴 침묵이 이어졌다.

#

카페 안은 조용했다. 작년 것을 그대로 둔 것인지 카운터 옆 크리스마스트리에 앉은 먼지가 뽀얬다.

창밖은 어두웠다. 적막한 도로 위를 녹색 자동차가 소리 없이 미끄러져 지나갔다. 카페 창밖으로 보이는 것은 그게 전부였다. 그 외에는 어두운 종이 위에 그린 그림처럼 조용한 주택가 풍경뿐이다. 오늘이 며칠이더라. 나는 문득 헤아려보았다. 마지막으로 날짜를 확인했을 때가…, 됐어. 수요일이었던 것밖에는 기억나지 않는다. 그렇게 중요한 문제도 아니다. 다시 한 번 창밖을 내려다보고 가방에서 책을 꺼내 펼쳤다. 가방은 옆자리에 두고, 유골함이 담긴 쇼핑백은 바닥에 조심스레 내려두었다. 마지막으로 읽은 부분이 어디였더라. 아마 메리 프랜시스 케네디 피셔에 대한 흥미로운 일화를 읽을 차례일 것이다.

커피를 한 모금 입에 머금듯 마시고 끔찍한 맛에 놀라 커피잔을 그대로 내려두었다. 커피의 표면이 천진하게 찰랑였다. 입안을 혀로 훑으며 억지로 책에 눈을 붙였다.

책은 한 남자가 미국 대륙을 서쪽에서 동쪽으로 자동차로 횡단하며 겪은 재미난 일화들을 소개하고 있었다. 글렌 엘런 부근을 지나칠 무렵 그는 우연히 근처에 '라스트 하우스'가 있다는 사실을 알게 되었고, 그곳 관리인에게 연락해 다음 날 바로 방문했다. 솔직히 말하자면 피셔를 그다지 좋아하는 편은 아니었다고 그는 첫머리부터 고백하고 있다. 라스트 하우스. 좋은 이름이다. 피셔는 그 집에서 여생을 보냈다. 어떤 집에서 생을 마감하게 될지 아는 사람만이 그런 이름을 붙일 수 있다.

같은 일화를 두 번 반복해 읽은 다음 나는 의자 등받이에 머리를 기대고 흘러나오는 음악을 들었다. 애써 집어넣은 활자가 이마의 얇은 피부를 통해 그대로 빠져나가는 느낌이 들었다. 음악 소리는 아주 작았다. 고개만 살짝 돌려도 스스로의 기척에 묻혀 들리지 않을 정도로. 눈을 감고 가느다랗게 들려오는 멜로디를 붙잡으려 애썼다. 이런 식으로 들어서는 결코 어떤 곡인지 알 수 없을 것이다. 무슨 곡이든 멀리서, 작게 들으면 껍질을 벗겨낸 조갯살처럼 그로테스크하게 들린다.

긴 전주가 끝나고, 가수가 단조로이 가사를 읊기 시작했다. 밋밋한 목소리에 창법도 단순했으나 가사만큼은 또렷이 들렸다. 해보다 늦게 일어나 오후의 모서리를 산책할 때…. 나는 가만히 앉아 노래가 끝날 때까지 기다렸다. 분명 어디선가 들어본 노래였다. 오른쪽 귀에서 문 위에 붙은 작은 종이 찰랑거리는 소리가 들렸다.

동시에 모르는 번호로 전화가 왔다. 나는 받을까 말까 고민하다 결국 눈을 꾹 감았다. 짧은 발걸음 소리를 듣고 눈을 떴을 땐 내 앞에 어머니가 서 있었다.

#

깜박 잊고 있었다는 듯 가로등이 반짝 켜졌다. 그 순간 길게 이어지던 정적도 끝이 났다. 어머니는 무어라 한 마디 덧붙이려다 말고 코트를 챙겼다. 나는 그가 시간을 들여 옷매무새를 가다듬는 모습을 보고 있었다. 어머니는 재킷 위에 코트를 입고, 허리끈을 잡아당겨 묶고, 머플러를 두 번 둘러 고정한 다음 가방을 집어 들어 무릎 위에 살며시 얹었다. 짧게 커트한 머리카락을 양손으로 쓸어내듯 넘겼다. 이 사이에 낀 무언가를 빼내려는 것처럼 한동안 우물거리다가 내게 물었다.

"가는 데 얼마나 걸리니?"

나는 잘 모르겠다는 뜻으로 어깨를 으쓱 움츠러뜨렸다.

"멀면 데려다줄까?"

"괜찮아요."

"회기동이면 여기서 지하철을 타고 두 시간은 가야 하지 않니?"

"네."

어머니는 침울한 표정으로 입을 다물어버렸다. 무릎 위에 놓인 가방 손잡이를 만지작거렸다. 몇십 초 정도의 침묵이 지나고, 그는 이야기의 방향을 살며시 돌리듯 바닥에 놓인 쇼핑백을 턱짓하며 물었다.

"그건 뭐니?"

"아버지예요."

턱 끝을 지그시 누르며 눈을 감은 채로, 어머니는 몸 안에 있는 숨을 모두 토해내듯이 길게 내쉬었다.

#

나는 코트를 입고, 책과 모바일을 챙겨 주머니에 쑤셔넣고, 유골함이 들어 있는 쇼핑백을 양팔로 받쳐 든 다음 카페를 나섰다. 카페는 깡통처럼 텅 비어버렸다.

#

해가 진 다음의 길거리는 놀라우리만치 차가웠다. 건물 틈새마다 기다리고 있었다는 듯 바람이 불었다. 바람이 불 때마다 넓적한 가로수 잎이 파닥파닥 흔들리다 한두 개씩 떨어졌다. 가끔 언덕 아래로 차가 느리게 지나갈 뿐 걷는 사람은 없었다. 완만한 언덕 끝에 상가가 모여 있는 것이 보였다. 그 뒤는 아파트 단지였고, 더 멀리에는 산이 있었다.

나는 걸음을 재촉했다. 가로등 밑에서 다음 가로등 밑으로 걸었다.

피셔는 자신의 유산에 대하여 이렇게 말했다. 〈세상에 남기고 갈 유일한 것은 나의 영혼이다. 대기를 그늘지게 하고 공기를 흐린 채, 그리고 반짝이는 이슬비

를 흩뿌려놓은 채, 나는 떠난다.〉*

피셔는 여든셋의 나이로 월요일에 죽었다. 피셔가 떠난 라스트 하우스에는 이제 그녀와 알고 지내던 토지 관리인이 살고 있다. 그는 욕실을 쓸 때마다 피셔가 남긴 '반짝임'을 느낀다고 말한다. 유명할 정도로 호화스러웠던 그 욕실을 빠져나가 침실로 향할 때마다 뒤에서 저절로 문이 닫힌다고. 그게 메리 프랜시스라는 것을 자신은 알고 있다고.

눈물이 뺨을 타고 흘러내리는 것 같아서 나는 조금 더 빠르게 걸었다.

#

눈을 감고 한 바퀴 돈 다음 나는 미아가 되었다.

#

눈을 뜨니 삼 층 높이의 거대한 크리스마스트리가 서 있었다. 무심결에 백화점 안으로 들어와버렸다는 사실을 깨닫고 깜짝 놀라 주변을 둘러보았다. 트리

* 《작가님, 어디 살아요?》(마음산책, 2017) 44쪽에서 가져왔다.

앞뒤로 백화점 로비가 길게 이어져 있다. 로비 양 끝은 바깥의 번화가로 통했다. 지하철로 바로 이어지는, 백화점의 화려한 분위기와는 잘 어울리지 않는 회색조의 돌계단도 보였다. 사람이 많아서인지 수족관에 들어와 있는 것처럼 귀가 먹먹했다. 지하철 입구로 향하는 사람들의 물결을 바라보다가 트리 앞에 잠깐 앉기로 했다. 몹시 피곤했다. 지나치게 따뜻한 공기가 젖은 얼굴을 말렸다.

트리 앞에서는 사람들이 모였다 흩어지기를 반복했다. 퇴근길에 들른 듯한 중년의 부부가 있는가 하면 즐거운 약속을 위해 한껏 차려입고 나온 여자아이들도 있었다. 하나같이 표정이 밝았다. 번잡스러운 공기 위로 재즈 풍의 크리스마스 캐럴이 날아다녔다. 히터의 열기 때문에 얼굴은 후끈하고 손과 발이 시렸다. 어디 들어가서 커피라도 마실까. 나는 멍한 눈빛으로 번화가 쪽 출구를 보았다. 녹색 세이렌 로고가 눈에 들어왔다. 흠칫 놀라 어깨를 움츠러뜨렸다가 고개를 발끝으로 떨구었다.

스타벅스가 이쪽 출구에 있었던가. 늘 헷갈린다. 늘 헷갈리곤 했다. 백화점 양쪽 출구는 로비를 중심으로 반으로 접었다 편 것처럼 대칭이다. 하룻밤 사이에 양쪽 건물을 싹 뒤바꿔버린다고 해도 알아차리지 못할 것이다. 주의를 기울이지 않으면 무심코 길을 잃는다. 여기서 일하던 시절에도 종종 길을 잃어버렸다. 아무리 반복해도 익숙해지지 않았다.

몇 년 전까지만 해도 이 근처의 스타벅스에서 일했다. 가까이에 살지는 않았다. 지하철을 타고 일곱 정거장씩 달려 출근했다. 환승도 한 번 해야 했다. 이 근처에 살기 위해서는 월급에 오만 원쯤 보태서 월세를 내야 했기 때문이다. 지하철로 일곱 정거장을 출퇴근하면 월세를 내고 전기 요금도 내고 보일러도 땔 수 있었다. 일을 그만둔 뒤에는 집값이 싼 동네를 찾아 이사했다.

어머니는 여기서 지하철로 세 정거장 떨어진 동네에 산다고 했다. 언제부터 이 근처에 살았는지는 듣지 못했다. 딱히 묻지도 않았다. 혹시 언젠가 서현역 스타벅스에 들른 적이 있느냐고, 거기서 '릴리'라는 명찰을 달고 일하던 여자애를 본 적이 있느냐고, 젊은 시절 당신과 닮은 얼굴을 보고 몇 날 며칠을 홀로 괴로워하다 결국 용기를 내 찾아가보지는 않았냐고, 〈릴리는 그만뒀어요. 국비 지원 프로그램에서 도면 그리는 걸 배워서 그쪽 일을 한대요.〉 같은 말을 듣고는 건축사 사무소 앞을 우연히 지나칠 때마다 남몰래 가슴을 쿵 떨어뜨린 적은 없었느냐고도 묻지 않았다. 그런 식으로 물어야 할 것은 너무도 많았기 때문이다. 반면 이제 와서 달라지는 것은 전혀 없었다.

저 계단을 내려가면 바로 지하철이다. 분당선을 타고 왕십리까지 가서 환승해야겠지. 운이 좋다면 한 시간쯤 걸릴 것이다. 트리 장식마다 사람들의 목소리가 부딪혀 울리는 듯했다. 집으로 바로 돌아가고 싶지는 않았다. 시간을 확인하고 잠시 고민했다. 지금 지하철을 타러 내려가봤자 인파에 밀려 납작해질 뿐이다. 여기 앉아 다리나 주무르다가 히터 바람에 손이 녹으면 그때 일어서는 것이 낫겠다. 나는 멍하니 어깨를 늘어뜨린 채 다리를 문질렀다. 부어 오른 발뒤꿈치를 신발에서 빼내고 발목을 살살 주물렀다. 바람이 발을 휘감고 지나가며 차갑게 식혔다.

그리고 문득 고개를 든 순간, 나는 그를 발견한다. 그는 지하철 출구에서 올라온 사람들 사이로 휘청휘청 걷고 있다. 얼핏 스쳐 지나간 옆모습을 봤을 뿐이지만 나는 그를 한눈에 알아볼 수 있다. 모든 면에서 예전과 똑같다. 바싹 마른 얼굴과 억센 머리칼, 사무적인 무표정, 몸에 잘 맞지 않는 낡은 양복 안의 새 와이셔츠까지. 아저씨는 이미 사람들 틈에 섞여 멀어지고 있다. 나는 반사적으로 몸을 일으켜 그를 향해 달음박질친다.

#

나는 사람들 틈을 찢어내듯 달리며 아저씨를 쫓았다. 부딪힌 사람들이 짜증 섞인 신음을 흘리며 인상을 찌푸렸다. 여러 번 발을 헛디뎌 고꾸라졌지만 재빨리 일어나 달렸다. 그럼에도 불구하고 아저씨의 뒷모습은 점점 더 멀어지고 있었다.

출구 밖까지 나왔지만 사람이 너무 많았다. 마음이 급해졌다. 무거운 커튼을 열듯 지나가는 사람들의 어깨를 밀었다. 어떤 남자에게 큰 소리로 욕을 얻어먹었으나 개의치 않았다. 사람들의 행렬이 길게 이어지는 중에 아저씨는 건물 틈으로 돌아 들어갔다. 겨우 따라갔을 땐 이미 다음 코너를 도는 중이었다. 나는 큰 소리로 그를 소리쳐 부르며 달렸다. 건물 옆에 붙어 담배를 피우고 있던 한 무리의 사람들이 흠칫 내 쪽을 돌아보았다. 그는 걸음을 멈추지 않고 코너를 돌아 사라졌다. 구깃구깃한 회색 정장 바지 밑의 구두 뒤축이 벽 뒤로 빨려 들어갔다. 나는 골목 끝을 향해 힘껏 달렸다. 건물 벽을 손으로 짚고 돌아 그의 모습을 찾았다. 그는 바로 앞의 골목을 향해 또 걸어가는 중이었다. 조금만 더 빨리 달리면, 그를 불러 세울 수만 있다면, 따라잡을 수 있을 듯했다. 아저씨, 하고 소리쳐 부르며 나는 그가 들어간 골목으로 따라 들어갔다. 얇은 벽으로 둘러싸인 세 평 남짓한 공간에서, 나는 아저씨를 잃어버렸다.

막다른 골목에도, 큰길에도, 버스 정류장에도, 횡단보도 건너편에도 아저씨는 없었다. 혹시나 싶어 건물 안을 샅샅이 뒤져보고, 건너편으로 돌아가 골목의 반대편을 확인하고, 달려나가 근처의 상가 블록을 둘러보고 온 다음 나는 다시 처음의 짧은 골목으로 되돌아왔다. 거칠게 숨을 헐떡이며 건물 입구의 돌난간에 기대 앉았다. 아저씨는 어디에서도 찾을 수 없었다. 그와 비슷한 사람조차 없었다. 훌쩍 차를 타고 가버렸을지도 모르고, 어느 건물 안 조그만 방에 처박혀 몸을 웅크리고 있을지도 몰랐다.

나는 주저앉아 바닥을 더듬으며 울었다. 어디로 가버린 신발 한 짝이 나를 더 슬프게 했다. 지나가는 사람들이 수상하다는 듯 이쪽을 힐끔거렸다. 아버지의 유골함을 잃어버렸다는 것을 알아차리고, 나는 아예 소리내어 엉엉 울었다.

#

서류의 분실물란에 유골함이라고 적자 여자의 눈썹이 화들짝 일그러졌다. 그것은 색이 다 빠진 기묘한 파란색이었다. 직원에게 물어보고 오겠다며 여자가 자리를 뜨고, 나는 대기실에 앉아 잠시 더 기다렸다. 쿰쿰한 냄새가 나는 율무차가 손 안에서 식어갔다.

직원은 우연히도 내가 아는 얼굴이었다. 그는 대기실 의자에 앉아 있는 나를 보더니 의아함과 반가움이 섞인 표정을 지어 보였다.

어쩌다 유골함 같은 걸 잃어버렸어? 트리 앞에 두고 왔다고? 거긴 우리 소관이 아니긴 한데. 아냐, 내가 백화점 분실물 센터에도 연락해줄게. 너무 걱정 마. 도둑맞은 것이 아니라면 분실물은 대부분 찾을 수 있어.

설마 유골함을 도둑맞은 건 아닐 것 아냐. 남의 유골을 훔쳐서 뭘 어쩌겠어? 물에 타 먹기라도 하겠어? 아니요, 제 친구예요. 제가 알아서 할게요. 미안해, 이거를 적어야 하거든. 그나저나 꼴이 왜 그 모양이야? 신발 한 짝은 또 어디에 뒀어? 기다려봐. 하나 가져다줄게. 괜찮아, 여분이 있어. 나는 옷을 좋아하잖아. 사이즈는 몇이야? 됐어, 안 맞아도 대충 신어.

#

나는 가만히 숨을 들이마셨다. 코트에 묻은 찬 공기가 고양이 털을 끌어당겼다. 밤비는 바깥 냄새를 맡듯 내 주변을 맴돌다가 의자 밑으로 들어가버렸다. 골목 밖으로 차가 지나가는지 전조등 불빛이 부딪혀 들어왔다. 바람에 창문이 가늘게 떨렸다. 온몸의 공기를 새로 바꾸려는 것처럼 아주 깊게, 나는 다시 한번 숨을 들이마셨다.

"오늘 많은 일이 있었어."

오늘 많은 일이 있었어. 아버지 납골당 안치 기간이 끝나서 그쪽에 다녀왔어. 무덤이 아니라 유골함을 옮기는 것뿐인데 '개장'이라고 하더라. '천묘'라고도 하고. 처음 알았어. 유골함을 받아서 돌아오는 길에 모르는 번호로 전화가 왔어. 지금 생각해보니 몇 번인가 그 번호로 걸려온 전화를 받았던 것 같아. 어머니였어. 만나고 싶다고 하길래 만났어. 그러고 나서 서현역 근처에서 아저씨를 봤고, 쫓아갔지만 붙잡지는 못했어. 아버지 유골함은 도중에 잃어버렸어.

아버지가 죽었을 때 나는 정말 슬펐어. 너무 슬퍼서 한 걸음도 떼지 못할 만큼. 현관문에 매달려 죽은 아버지를 바라보면서, 정말로 깊이 슬퍼했어. 잘 기억나지 않는다고 했지만, 그건 거짓말은 아니지만, 잊은 적도 없었어. 닫힌 문 뒤에 매달려 달랑거리는 기억처럼 아버지의 죽음은 내게 늘 남아 있어. 얼마나 오랫동안 그 모습을 보면서 서 있었는지, 그 시간들이 어떤 식으로 흘러갔는지 기억하지 못하는 것뿐이야. 나는 슬펐어. 슬프면 어떻게 해야 하는 것인지 몰라서, 언제 슬픔이 다 끝나는 것인지 알 수 없어서 모른 척했던 거야.

그런데 오늘은, 시간이 많이 지나서인지, 그다지 슬프지 않았어. 아버지 안치단 앞에 서서 여러 가지 생각을 했는데 전부 잊어버렸어. 어쨌든 내가 말하고 싶은 건 오늘은 울지 않았다는 거야. 아버지 안치단 앞에 선 것은 장례식 이후 처음이었는데도 말이야. 하지만 아버지 유골을 잃어버렸다는 사실을 깨달았을 땐 엉엉 울었어. 앞으로도 가끔은 울게 될지도 몰라. 오늘 낮에 울지 않은 것과는 별개로.

어머니는 어떤 사람이냐고 물었지. 실은 아직도 모르겠어. 네가 죽은 다음 네 어머니도 만났어. 아버지도 함께. 정말 하나도 닮지 않았더라. 집을 나갔던 금요일부터 죽은 일요일까지, 너는 그 어디에도 없었더라고, 그때 네 아버지가 설명해주었어. 그 어떤 카메라에도 찍히지 않았고, 어떤 것도 사지 않았더라면서. 네 어머니는 우리 집에도 들어왔어. 집 안을 살펴보게 해주었지만 골목은 보여주지 않았어. 누구도 골목이 그곳에 있다는 걸 알아서는 안 되니까. 네 어머니는 이야기도 하나 해주었어. 말하는 중간에 길을 잃게 되는 종류의 이야기였어. 그럼에도 불구하고 너를 얼마나 사랑했는지에 대한 이야기였어.

살아간다는 일은 이렇게 두려운데, 남들은 어떻게 그런 일을 해낼 수 있을까? 우리는 이 문제에 대해 의논해보았어야 했어. 둘러대지 않고 살아가는 방법에 대해서.

조, 거기에 있어?

#

〈눈을 감고 한 바퀴 돈 다음 나는 미아가 되었다.〉

누가 이렇게 멋진 말을 했는지 알아? 어느 날 조는 그렇게 물었었다. 몰라. 나는 알려달라고 했고 그는 헨리 데이비드 소로의 이름을 댔다. 하지만 소로는 정확히 이렇게 말했다는 것을 나는 오늘에서야 우연히 알게 되었다.

〈인간이 지상에서 미아가 되기 위해서는 눈 감고 한 바퀴 도는 것만으로도 충분하다.〉*

책을 들이밀며 따지면 조는 이렇게 둘러댈 것이다. 잘못된 구절을 함께 기억한다는 건 멋진 일이야. 게다가 한 사람만 더 있으면 그 말도 사실이 되지. 나는 몇 가지 의미 없는 질문을 퍼붓다가—가령 한 사람이 더 오기 전까지는 거짓말인 채로 남는 것 아니냐는

* 《월든》(책만드는집, 2004) 8장 〈마을〉 242쪽에서 가져왔다.

식의 질문들을 퍼붓다가—이내 포기하곤 잘못된 문장을 외울 것이다.

#

청소를 좀 해야겠지? 나는 침대에 누운 채로 밤비에게 물었다. 지층처럼 쌓인 옷더미에 꼼꼼히 털을 묻히고 있던 밤비가 야옹 하고 울었다. 이제는 진짜로 청소를 좀 해야겠다고 생각하며 몸을 일으키려던 찰나에 이번엔 아는 번호로 전화가 걸려왔다.

「유골함을 찾았어.」

"그래?"

「그런데… 내용물이 없어.」

"내용물이?"

「응.」

"…괜찮아."

「괜찮다고?」

"응."

「정말로 괜찮아? 다른 것도 아니고 아버지 유골이라고 했잖아.」

"찾을 수 있을까?"

「…열심히 찾아보기는 하겠지만, 아니. 주운 사람이 열어보고 깜짝 놀라서 어디 쏟아버린 것 같아. 반이라도 남아 있으면 좋았을 텐데. 미안해.」

"…."

「여보세요?」

"응. 듣고 있어."

「아무튼 미안해. 찾아주고 싶었는데.」

"괜찮아. 지민 씨가 잃어버린 것도 아니잖아."

「그래도 내가 뭐 도와줄 것 있으면 언제든 전화해.」

"알겠어. 고마워."

「지금 뭐 하고 있어?」

"청소하려던 참이야. 한동안 신경을 못 썼더니 집이 엉망이라. 그런데 마음만 먹고 계속 미루고 있었어."

「아, 뭔지 알아. 청소라는 게 원래 시작하기 전이 가장 막막한 법이지. 가서 좀 도와줄까? 잘은 못하지만 짐은 나를 수 있어. 난 힘이 세거든.」

"아냐, 됐어. 짐은 많지 않아. 사실 도와줬으면 하

는 일이 있긴 해."

「뭔데?」

#

저녁 여덟 시쯤 요란한 소리와 함께 지민 씨가 도착했다. 그의 조그만 쉐보레는 지금껏 많은 것을 치고 박아온 것처럼 너덜너덜했다. 가까스로 좁은 골목에 차를 대고 내릴 때 또 작은 흠집이 났지만 신경 쓰는 것 같지는 않았다. 나는 그를 향해 작게 손을 흔들었다.

"청소한 게 이거야?"

집 안을 한 바퀴 훑어본 다음 지민 씨가 물었다. 나를 향해 몸을 휙 돌리는 바람에 밤비가 폴짝 뒤로 뛰어 사라졌다. 지저분해 보여도 청소한 것은 맞았다. 그것도 하루 종일. 이것저것 옮기고 닦는 중이라 너저분해 보이는 것뿐이라고 설명했더니 지민 씨는 복사기 같은 소리를 내며 고개를 외로 꼬았다. 그 모습을 보니 문득 생각이 나 챙겨둔 쇼핑백을 건네주었다. 영문을 모르겠다는 표정을 짓길래 설명을 덧붙였다.

"저번에 빌린 신발 돌려줄게."

"아, 뭔가 했네. 잊고 있었어."

"잘 신었어."

"왠지 선물 받은 것 같아서 기분이 좋네."

지민 씨가 말했다. 이번엔 자기 차례란 듯이 가방에서 뭔가 꺼냈다. 글렌피딕 위스키 한 병이 테이블 위에 놓였다.

"부탁한 대로 지난번 그걸 사 오려고 했는데 백화점에 없었어. 그래서 더 좋은 걸 가져왔지. 사실 저번 건 싸구려고, 이게 진짜 좋은 싱글몰트야. 어때?"

"좋아." 내가 고개를 끄덕였다. "사실은 상관 없어. 뭐가 뭔지 구분 못 하거든."

"나도 그래. 그냥 생색내려고 말해봤어."

지민 씨는 깔깔 웃었다.

#

입안에 머금고 있던 위스키를 꿀꺽 소리 나게 삼킨 다음 그가 물었다.

"집이 꽤 넓네. 혼자 살아?"

"나랑 고양이랑 둘이서. 예전에는 고양이도 한 마리 더 있었고 친구도 함께 살았어."

"팍 줄었네."

"응. 그렇게 됐어."

우리는 이유 없이 웃음소리를 내고 위스키를 마셨다. 아닌 게 아니라 저번 것과는 확실히 다른 맛이 났지만 무엇이 더 좋은 위스키인지는 구분하기 힘들었다. 건초 냄새는 나지 않았다. 그러나 건초 냄새가 나는 것이 싸구려라는 사실은 유용할 것이었다. 잠시 생각하다 나는 덧붙여 말했다.

"그리고 아저씨도 잠깐 함께 살았어."

"웬 아저씨?"

"저 벽에 어떤 아저씨가 붙어 있었어. 어느 날 아침에 갑자기 나타났는데, 나타났을 때랑 마찬가지로 갑자기 사라져버리고 말았지."

아저씨가 있던 벽을 향해 손가락을 뻗자 지민 씨의 고개가 함께 돌아갔다. 그는 그 모서리에 잠시 시선을 두었다가 다시 이쪽을 돌아보며 물었다.

"진짜로 있었던 일이야? 비유가 아니고?"

"응. 정말이야. 믿기 힘들겠지만."

"믿기 힘들다기보다는…."

그는 말을 끝내지 않고 위스키를 한 모금 머금었다. 미심쩍은 여운을 헹궈 없애려는 것처럼.

"나쁜 사람은 아니었어. 말이 없고, 아무런 해도 끼치지 않았어. 그저 원래부터 있던 가구처럼 저 모서리에 찰싹 달라붙어 있었을 뿐이야. 아니면 모서리에 단단하게 고인 먼지 덩어리처럼. 뾰족한 것으로 긁어내도 자꾸만 더 안쪽으로 파고들기만 하는 그런 것 있잖아. 어느 집 구석에나 그런 먼지 덩어리가 있지."

"먼지 덩어리라."

"한동안 그렇게 다섯이서 살았어. 나랑, 고양이 둘이랑, 친구랑, 아저씨까지."

"아저씨는 어디로 갔어?"

"모르겠어."

나는 어깨를 으쓱해 보였다. 어디로 갔는지는 모른다. 아마 앞으로도 알 수 없을 것이다. 어렵다는 듯 지민 씨는 미간을 잔뜩 찌푸리고 있었다. 침대 밑에서 눈을 빛내고 있던 밤비가 살며시 기어 나왔다. 나는 소리 내어 밤비를 부르고 위스키를 아주 조금 마셨다. 창밖에서 바람이 음산한 소리를 내며 지나갔다. 무언가 검은 것이 작은 노크 소리를 내며 바닥에 부딪치고 있었다. 불투명한 유리창을 따라 먼 가로등 빛이 흘렀다. 나는 마시고 남은 위스키를 불빛에 돌려가며 비춰보다가 그대로 잔을 감싸 쥐었다.

"유골함을 잃어버린 날 아저씨를 오랜만에 봤어."

"밖에서?"

"응. 백화점 트리 아래 앉아 있다가 아저씨를 보고 쫓아갔어. 그러다 신발도, 유골함도 잃어버렸던 거야."

"그래서 만났어?"

"아니. 거의 다 따라잡았다고 생각한 순간 거짓말처럼 사라졌어."

뭐야, 지민 씨는 신음 소리를 내곤 잔에 남은 위스키를 단숨에 마셨다. 더 달라는 듯이 잔을 쥐고 있길래 조금 더 따라주었다. 맑은 호박색 액체가 나선 모양의 선을 그리며 졸졸 쏟아졌다. 얼음은 없어? 그는 그새 잊은 것처럼 다시 묻고는 곧바로 고개를 저었다. 입술을 가볍게 적시듯 또 한 모금 마셨다.

"유골함은 내용물까지 찾은 다음에 집으로 보내줄게. 수상쩍은 가루가 보이면 즉시 연락 달라고 부탁해놨어. 쉽진 않겠지만 잘하면 찾을 수 있을지도 몰라."

지민 씨가 말했다. 나는 가만히 생각해보다가 고

개를 저었다.

"괜찮아."

"정말 괜찮겠어? 아버지 유골이라며."

"응. 지하철에 뿌렸다고 생각하지 뭐."

"그래…. 아무튼 기운 차린 것 같아서 다행이야. 그날은 반쯤 미친 것처럼 보였는데."

"그날 많은 일이 있었거든."

"많은 일?"

"아저씨도 봤고, 유골함을 찾으러 납골당에도 다녀왔고, 난생처음 어머니도 만났어."

지민 씨는 반쯤 차 있는 술잔을 물끄러미 바라보았다.

"의외네. 자기 이야기는 잘 하지 않는 사람일 줄 알았는데."

"나?"

"응. 그런데 술술 잘도 하네. 내가 들어도 될까 싶은 이야기까지."

"좀 취한 탓인가." 나는 위스키 잔을 살짝 흔들어 보았다. "평소에는 맥주만 마시거든."

"그래서, 어머니를 처음 만났다고?"

"응."

"만나보니 어땠어?"

"누가 나를 낳긴 낳았구나 싶었어."

"그게 대체 무슨 소리람?"

그는 얼굴을 가볍게 찌푸렸다.

"미안. 하지만 이렇게밖에 말할 수가 없어. 나는 말을 잘 못해서."

"알 것 같아."

"어머니랑은 처음 만난 거였어. 기억도 전혀 없어. 그래서 내게 어머니란 서류상의 조건 같은 것이었어. 왜냐하면 어떤 아버지도 스스로 아이를 낳지는 못하니까, 구색을 맞춰본 거지. 내게도 어머니라는 사람이 있으리라고."

"그 어머니라는 사람을 실제로 마주하니까 누가 날 낳긴 했네, 하는 생각이 들었다는 거야?"

"응. 설명하자면 그래."

"어머니랑 닮았어?"

"굉장히. 내 얼굴의 출처라고 해도 좋을 정도로."

지민 씨가 소리 내어 웃었다. 농담으로 한 말은 아니었지만 나도 덩달아 웃었다. 뭔가 따뜻한 것이 발에

닿아 내려다보니 밤비였다. 밤비는 이제 의자 아래에 길게 드러누워 발을 뻗고 있었다. 나는 손을 뻗어 이마를 쓰다듬어준 다음 술을 한 모금 마셨다. 지민 씨도 잔을 들었다.

"아마 어머니도 놀랐을 거야. 처음 만난 건 피차 마찬가지였거든. 나를 낳은 다음 얼굴도 보지 않고 바로 도망쳤다고 했으니까."

"왜?"

"글쎄. 자세히 듣지는 못했어. 아무튼 아버지 때문에 연락하지 않고 지내다가 죽었다는 소식을 전해 듣고 찾아왔대."

"이제 와서?"

"아무도 자기한테 옛날에 낳은 딸이 있다는 사실을 모른대. 어쩔 땐 자기 자신도 잊어버린다던데. 아무튼 워낙 긴 이야기였던지라 기억은 잘 안 나."

"너무하네."

우리는 서로 잔을 가볍게 부딪쳤다. 그 작고 맑은 소리를 잘 들으려는 것처럼 밤비의 귀가 힐끔 돌아갔다. 나는 손을 뻗어 귀 언저리를 긁어주었다. 잔을 비우고, 위스키가 식도를 뜨겁게 태우며 흘러내리는 감각을 느꼈다. 창밖에서 바람이 불었다. 덜컹덜컹, 바람이 창틀을 흔들고 있었다. 구멍에 안 맞는 열쇠를 집어넣어 돌려보는 식으로. 문득 생각났다는 듯 지민 씨가 함께 살던 고양이와 친구는 어디로 갔느냐고 물었다. 나는 둘 다 죽었다고 대답했다. 그가 질린다는 듯이 웃었다.

#

자기도 한 가지 털어놓겠다는 식으로, 지민 씨는 이렇게 말했다.

"나 사실은 그때 결혼식 하객 아르바이트로 갔던 거 아니었어."

"그러면 정말 하객이었어?"

"아니. 하객이라기보다는 훼방꾼이었지."

"뭐?"

"신부 쪽 하객이었다고 했지? 상사라고 했나?"

나는 고개를 저었다. 더 이상 나의 상사가 아니다. 그렇게 설명하니 그는 기분 좋게 웃어버렸다.

"더 이상 나의 상사가 아니다. 좋아, 좋은 표현이네. 신랑은 더 이상 나의 남자친구가 아니었어. 무슨 이야기인지 알겠어?"

"전 남자친구의 결혼식을 훼방 놓으러 갔다."

"그렇지."

"왜?"

"나랑 결혼하지 않았으니까. 간단한 이유야."

간단하면서도 좀 치졸한 이유인 것 같다고 나는 생각했다. 굳이 소리 내어 말하지는 않았지만 그는 무슨 말이 나올지 알고 있다는 듯이 멋쩍게 입맛을 다셨다. 신부 말이야, 약간 나른한 듯한 말투로 운을 뗐다.

"내 전 상사."

"그래, 그 사람. 이미 알고 있겠지만 집이 되게 잘 살아. 자기 앞으로 건물도 몇 채 있대. 내 전 남자친구는 잘생긴 얼굴이랑, 괜찮은 직업이랑, 연봉이랑, 학벌 빼고는 별 볼일 없는 인간이었어."

"그 정도면 썩 괜찮은 인간 아냐?"

"이력서를 쓰자면 그렇지. 하지만 그 외의 부분들은 별 볼일 없었어. 예를 들면 패션 센스가 절망적이었지. 언제나 내가 옷을 골라줬어. 또 좋은 곳에도 많이 데려갔고, 세련된 식당에서 밥도 먹여줬어. 개를 괜찮은 인간처럼 만들어준 건 바로 나야."

"그렇군."

"칠 년이나 만났어. 한 사람을 칠 년이나 만나면 다른 사람은 도저히 못 만나. 세세한 부분들까지 모두 내 위주로 맞춰두어서, 그 과정을 다시 반복할 생각만으로 눈앞이 캄캄해져. 당장은 아니더라도 언젠가는 결혼할 거라고 생각했어. 그런데 갑자기 이별을 통보받았지. 혹시 오래 만난 남자한테 차여본 적 있어?"

"아니."

"그럼 감이 잘 안 오겠네. 칠 년이나 만난 다음 차이면 제정신으론 살 수 없어. 특히 곧바로 결혼 소식까지 듣는다면, 완전히 돌아버리지. 한동안 그 여자 뒤를 캐고 다녔어. 애써 괜찮은 남자로 만들어놨더니 홀라당 채가는 얌체는 누굴까. 칠 년이나 만난 덕에 겹치는 지인이 많아서 찾는 게 어렵지도 않더라고. 외모나 직장이나 나랑 비슷한 수준인데, 딱 한 가지가 다르더라. 집에 돈이 많대. 그런 여자랑 결혼하면 앞으로 적어도 돈 걱정은 없이 살걸."

지민 씨는 마지막 두 음절을 튕기듯 발음했다. 위스키 잔을 손에 들고 그것이 무엇인지 알아내려는 것처럼 한참 노려본 다음 가볍게 입술을 적셨다. 나도 따라서 한 모금 마셨다. 지금껏 마신 위스키가 몸 안에서 다른 성분으로 변한 것인지 날숨에서 흙냄새가 났다. 공기 중에 위스키 농도가 높은 듯했다.

"이상한 일이지. 그건 우리 엄마가 내 전 남자친구를 두고 늘 하던 말이거든. 걔가 회계사니까, 앞으로 돈 걱정은 없이 살겠다고. 실은 나도 그렇게 생각했는지도 모르고."

"그래서 결혼식을 망쳐버리고 싶었던 거야?"

내가 물었다.

"응."

"어떻게?"

"글쎄, 딱히 이렇다 할 계획이 있었던 건 아냐. 일단 최대한 예쁘게 하고 가서 결혼식장을 헤집어놓을 생각이었어. 사람들한테 신랑 험담을 한다거나, 아니면 결혼식장에 헛소문을 퍼뜨린다거나. 아니면 그런 거 있잖아, 이 결혼에 반대하는 사람 있습니까? 물어보면 저요, 하고 손을 드는 거지."

"누가 그런 걸 물어봐?"

"영화에서는 늘 물어보던데. 아무튼 어떻게든 망쳐버릴 작정이었어. 그런데 그 교회 안에서 차분하게 한잔하고 있으려니 오히려 정신이 번쩍 들더라고. 결혼식을 망쳐서 뭐 어쩌겠다는 거야? 그래봤자 걔는 다른 여자랑 결혼할 텐데. 그래서 조용히 술만 마시고 집으로 돌아갔어. 아무래도 위스키에는 그런 효능이 있는 것 같아. 나도 평소에는 위스키를 잘 마시지 않거든."

"정신을 번쩍 차리게 하는 효능 말이지."

"그래, 그런 효능. 아무튼 내가 그 결혼식에 갔다는 사실은 아무도 모를 거야. 세계는 테러로부터 한 발짝 멀어졌지."

"테러."

나는 그 말을 다시 발음해보고 웃었다. 지민 씨는 이제 테이블 끄트머리의 한 점을 멍하니 노려보는 중이었다. 그 아래에서 밤비가 꼬리를 휘저었다. 그 움직임을 눈으로 좇았다. 아무것도 못 했겠지. 지민 씨는 문득 말했다. 뭐라고? 나는 고개를 들었다.

"난 결국 아무것도 못 했을 거야. 아무런 계획도 없었고 실행으로 옮길 용기도 없었으니까. 테러는 무슨. 아무나 붙잡고 앞뒤 안 맞는 소리나 우물쭈물 지껄이다가 무시당하는 게 고작이었을걸. 실은 아무나 붙잡을 용기도 없어서 내내 교회 화장실에 틀어박혀 있었어. 술이라도 마시고 용기를 낼 생각으로 잠깐 나왔더니 당신이 혼자 앉아 있더라고. 연습 삼아 말을 걸어봤지. 상냥해 보였거든. 그런데 이야기하던 중에 정신이 번쩍 든 거야. 아무것도 못 하는 나를 실제로 목격하기 전에 집에 갈 수 있어서 다행이었어."

"아무것도 못 하는 자신을 목격하기 전에 집에 갈 수 있어서 다행이었다."

나는 지민 씨의 말을 천천히 반복했다.

"응."

"목격하면 어떻게 되는데?"

"자존심이 상하겠지 뭐. 회복하기 힘들 정도로. 나야말로 별 볼일 없는 인간이라서 그런지 쉽게 자존심이 상해. 전 남자친구는 내가 그런 인간이라는 걸 감추는 좋은 가림막이었는데, 그런 사람이 나를 차버리고 다른 사람이랑 결혼한다니까 배신감에 치가 떨렸어. 그런데 그 교회에서 당신이랑 술을 마시고 앉아 있다 보니까 문득 인정할 수 있게 되더라고. 나는 개를 사랑했다기보다는 사랑받는 내가 필요했던 것뿐이었어. 별 볼일 없는 나를 지키기 위해서. 그걸 인정하기까지 무려 칠 년이나 걸린 거지. 더럽게 오래 걸렸다고 생각했어."

지민 씨는 멋쩍게 웃으며 어깨를 털었다. 함께 웃어주고 싶었으나 잘 되지 않았다. 누군가의 이런 표정을 보는 일은 처음인 것 같았다. 어쩌면 이렇게 솔직할 수 있을까. 나는 새삼 감탄했다. 잔을 들어 목을 축였다. 문득 큰 소리로 초침이 울었다. 말끝에 남은 잔여물을 털어내듯 그가 쾌활한 목소리로 물었다.

"냉장고에 정말 아무것도 없어? 십 년 된 만두도 괜찮아."

"없어. 집에서는 잘 안 먹거든."

"평소엔 뭐 먹고 살아?"

들어본 듯한 질문에 나는 그냥 웃었다. 뭐라도 사 올걸, 지민 씨가 어깨를 꾹꾹 누르며 말했다. 용기를 낸 밤비가 테이블 위로 폴짝 뛰어올랐다. 점검하듯 코를 킁킁거리는 밤비에게 지민 씨가 슬며시 손가락을 가져다 대며 관심을 끌었다. 그 모습은 퍽 다정해 보였다. 어쩌면 술을 마시면 마실수록 다정해지는 것일지도 모른다. 나는 목소리를 가다듬고 말했다.

"부탁이 하나 있어."

"뭔데?"

지민 씨는 이쪽을 보지 않고 물었다.

"냉동실에 고양이가 있어."

"왜?"

"몇 달 전에 죽었는데 어떻게 해야 할지 몰라서 넣어뒀어. 그래서 우리 집 냉장고엔 아무것도 없어."

잠시 정적이 흘렀다. 초침 소리만 크게 울렸다. 생각 깊숙한 곳을 적시듯 위스키가 입술 틈으로 조금 흘러 들어왔다. 조용히 숨을 내쉬며 코로 전해지는 위스키의 따가운 감각을 느꼈다. 바깥의 바람은 이제 그친 듯 고요했다. 밤비가 지민 씨의 손가락 냄새를 맡았다. 초침이 마저 울고, 그가 물었다. 묻어주고 싶어? 응, 하고 대답하며 나는 고개를 끄덕여 보였다.

#

지민 씨의 쉐보레를 타고 한 시간이나 달려 도착한 곳은 언젠가 와본 적 있는 작은 공원이었다. 널찍한 잔디밭을 사이에 두고 도서관과 시립 수영장, 그리고 야트막한 언덕이 둥그렇게 모여 있었다. 언덕은 산자락으로 이어졌다. 버스를 타고 오면 겨우 삼십 분 거린데, 길을 헤맨 탓에 한참 걸렸다.

공원 주차장에 차를 댄 다음 우리는 언덕을 따라 걸었다. 지민 씨는 모종삽과 빈 과일바구니 하나를, 나는 셔츠로 감싼 설리를 안고 갔다. 냉동실에서 꺼낸 설리는 약간 축축했다. 금세 산책로가 끝나고 가로등 없는 산자락이 이어졌다. 저 아래쪽에 보이는 사찰의 불빛에 의지해 계속 걸었다. 밤공기가 나뭇잎을 흔들었다. 바람이 뒤에서 발걸음 소리를 내며 달려왔다.

여기는 어떨까, 걸음을 멈추자 지민 씨가 근처를 플래시로 비추었다. 오솔길 바깥, 큼직한 바위 하나를 가운데 두고 잡목림이 둘러싼 작은 풀밭이었다. 우리는 서로를 향해 고개를 끄덕여 보였다. 한쪽 팔에 설리를 안은 채로 플래시를 받아 들자 그가 바위 밑을 파기 시작했다. 작은 고양이 하나가 들어갈 만한 구덩이가 될 때까지. 그동안 나는 설리의 이마에 입을 맞추고 지민 씨가 구덩이 안을 편평하게 다지는 것을 바라보았다.

설리를 눕힌 바구니를 구덩이 안에 내려놓고 셔츠와 담요로 다시 한번 바구니를 꼼꼼하게 덮었다. 지민 씨가 모종삽을 내밀었다. 흙을 떠 가장자리부터 조심스럽게 얹었다. 검고 축축한 흙이 함부로 쏟아져 내리지 않도록. 작은 봉분을 만들어주고 내려오니 이미 열두 시가 넘어 있었다. 트렁크에 모종삽을 던져 넣고 쾅 소리 나게 닫았다. 배고프지 않아? 지민 씨가 맑은 목소리로 물었다.

우리는 한적한 24시 레스토랑에서 피자 한 판을 주문해 나눠 먹었다. 내가 두 조각, 그가 세 조각을 먹고 한 조각이 남았다. 그는 피자 밑에 깔려 있던 종이를 죽 찢어 그것을 감싸더니 내게 건넸다. 이걸 어떻게 가져가냐고 물었지만 지민 씨는 피곤하다는 듯 하품을 할 뿐이었다.

#

집으로 돌아오자마자 피로가 밀려와 침대 위에 쓰러져 죽은 듯이 잤다. 꿈도 꾸지 않았다. 그렇게 깊게 잠든 것은 오랜만이었다. 일어나니 이미 해가 중천에 떠 있었다.

새벽에 비가 왔는지 기지개를 켜자 새것 같은 흙냄새가 났다. 밤비도 허리를 쭉 늘려 펴고 침대 밑으로 뛰어내렸다. 간밤에는 밤비도 아주 깊게 잔 모양이었다.

시간을 들여 커피를 두 잔 만들었다. 지민 씨는 눈도 제대로 뜨지 못한 채 양손을 내밀어 받았다. 지우지 못한 화장이 얼굴 위에 얇게 달라붙어 있었다. 커피를 맛보고 인상을 구기더니 그 위에 위스키를 부었다. 내게도 병을 짤랑 흔들어 보이길래 고개를 저었다. 이제야 기운이 난다는 것처럼 그가 웃었다.

#

지민 씨, 혹시 이렇게 시작하는 노래 알아?

해보다 늦게 일어나 오후의 모서리를 산책할 때
불어오는 게으른 바람
마지막 남은 꽃향기가 궁금해 문득 고개를 드니
이미 사라진 당신 얼굴이
그리워서 기다려보네 바람에 묻은 꽃향기 닦으며
당신과 내가 머리를 맞대면
그곳은 시간마저 쉬었다 가는 곳
알려드릴 꽃 이름은 손가락 사이에 적고
나는 잠들며 말하네
우리 이제 해보다 늦게 일어나

오후의 모서리를 산책하자고

#

지민 씨를 배웅하고 돌아와 청소를 마저 했다. 쓰레기를 내다버리고 구석구석 고여 있는 먼지를 털었다. 피자는 냉동실에 넣었다. 창문을 열어 차가운 바람을 들였다. 바람이 집 안 구석구석을 닦아내고 빠져나갔다.

청소를 마치니 저녁이 성큼 다가와 있었다. 유리창 너머로 오후의 태양이 붉은빛을 던졌다. 집 안은 어둡고 쌀쌀했다. 편의점에서 사 온 캔 맥주 네 개를 들고 창가에 앉았다.

그다지 멀지 않은 곳에 설리를 묻은 것은 잘한 일이었다. 나는 공원 입구에서 설리의 무덤까지 가는 길을 더듬어보았다. 언제든 찾아갈 수 있도록 이따금 되짚어볼 것이다. 풀링을 당겨 따자 파삭 소리와 함께 거품이 조금 흘러넘쳤다. 맥주를 한 모금 마셨다. 어디선가 바람이 불어와 얼굴에 스쳤다. 누가 라면을 끓이는지 매운 냄새가 바람을 타고 들어왔다. 어깨 주변에 흩어진 머리칼을 한데 모아 정리하고 어깨를 당겨 폈다.

하얀 입김 같은 공기가 방 안으로 흩어졌다.

"오늘 설리를 묻어줬어."

창밖을 향해 나는 말했다.

"설리는 오랫동안 냉동실에 있었어. 묻어줄 생각을 할 때까지 오랜 시간이 걸렸어. 지민 씨가 도와주지 않았다면 영영 못 했을지도 몰라. 이 근처에는 적당한 곳이 없고, 냉동한 설리를 안은 채로 길을 헤맬 용기는 없었을 테니까. 멀지 않은 곳에 묻었어. 앞으로도 종종 보러 갈 생각이야. 새벽에 깨어나 냉장고 앞에 앉는 것이 아니라."

천천히, 내 속도에 맞춰 맥주 한 캔을 비웠다. 불투명한 유리창 너머로 어떤 그림자가 스며들었다. 비쳐 드는 붉은 햇살 아래서 그것은 여러 가지 크기로 일렁이다 사라지는 듯했다. 나는 그림자의 테두리를 눈으로 따라 그리며 천천히 숨을 내쉬었다.

네가 죽은 다음 시간은 흐르지 않게 된 것 같았어. 애써 소리 내어 말해보았다. 갈비뼈 아래 숨겨두었던 사실을 꺼내놓듯 조심스럽게. 부딪혀 돌아오는 목소리를 듣기 위해 잠시 숨을 죽였다. 바람이 부드럽게 창틀을 밀어 창문이 덜컹거렸다. 마음은 불타는 것처럼 아팠다.

"네가 죽은 다음 시간은 흐르지 않게 된 것 같았어. 시간이라는 것은 입자고, 나는 그 모래밭 같은 곳에 묻혀서 어디로도 가지 못하는 것처럼 느껴졌어. 지난 기억만이 강한 중력처럼 나를 끌어당겨서 과거로 향하게 했어. 매일같이 무언가를 후회했지만 그 무엇도 변하지 않았어. 그저 끝도 없이 이어지는 슬픔뿐이었어. 시간이 흐르면 조금씩 나아진다던데, 내겐 그렇지도 않았어. 앞으로도 뒤로도 시간은 흐르지 않았으니까.

하지만 아버지 납골당에 갔을 때, 문득 이런 생각을 했어. 시간은 어쩌면 정말로 흐르지 않는 것일지도 모른다고. 그저 어딘가에서 어딘가로 이동하는 과정이 시간일지도 모르겠다고. 언제나 시간이 가만히 흘러서 나를 어딘가로 데려가주기를 간절히 바랐지만, 결국 이동하는 것은 나였어. 그리고 이동하는 것보다 중요한 것은 미아가 되지 않는 것이었고.

또다시 강한 중력에 이끌리듯이 네 생각을 할 거야. 설리 생각도, 아버지 생각도 하며 슬퍼하겠지. 그게 자연스러운 일일지도 몰라. 그렇게 생각하니 오히려 마음이 편해졌어. 나는 어딘가에서 어딘가로 탈출하고 있는 것이 아니야. 탈출하려다 번번이 실패하는 것이 아니야. 앞으로도 종종 슬플 거야. 어떤 날은 유독 많이 슬프고, 헤어나오기 힘들지도 몰라. 하지만 그래도 괜찮을 거야."

나는 마지막 말을 힘주어 내뱉고 조용히 맥주를 마셨다. 하늘이 조금씩 파랗게 물드는 장면을 놓치지 않으려는 것처럼 창밖을 바라보았다. 맥주를 천천히 비웠다. 가볍게 힘을 주어 캔을 찌그러뜨렸다. 하지 못했던 말들이 탄산과 함께 터져 사라졌다. 옛 기억들이 줄 지어 앉았다. 나는 설리를 떠올렸다. 아버지를 떠올렸다. 조를 떠올렸다.

"그 주말에 너는 어디에 있었을까, 나는 늘 생각했어. 어떻게 아무 카메라에도 찍히지 않는 곳으로 도망칠 수 있었을까. 그러다 문득 깨달았어. 세상 어디에도 없는 장소가 또 어디에 있을 수 있겠어. 언제나 그렇듯 나는 너무 늦게 깨달아버리고 말았던 거야. 조, 너는 그때 골목에 있었지? 바람이 세차게 불던 골목에서 마지막 낮과 밤을 보낸 다음 조용히 나와 선로를 향해 걸었지? 내가 창문을 열어젖힐까 두려워하면서도 창문을 열어주기를 바라면서.

창문이 바람에 덜컹일 때마다 나는 생각해. 너는 지금도 골목을 떠나지 못한 것은 아닐까? 창문에 어른거리는 그림자가 혹시 너의 것은 아닐까? 네가 떠난 다음 나는 한 번도 골목에 나가보지 못했어. 빈 골목을 보면 네가 죽었다는 사실을 받아들여야만 할 것 같아서. 그러니까 여전히 골목을 떠나지 못하는 건, 사실 네가 아니라 나일지도 몰라.

조, 골목에 있고 싶다면 얼마든지 있어도 돼. 그곳은 그러라고 있는 장소니까. 원한다면 언제든 내 창문을 노크해도 좋아. 네가 떠나기 전까지 나는 여기에 있을게."

나는 천천히 맥주를 마셨다. 반쯤 마신 캔을 그대로 무릎에 내려놓았다. 해가 조금 더 내려가 빛의 색이 달라져 있었다. 뒤에서 잠을 자던 밤비가 다가와 다리 옆에 앉아 야옹 하고 울었다. 나는 길쭉하게 웃자란 고양이를 끌어올려 안았다. 고양이 털에서 나는 마른 냄새를 한참 동안 맡았다.

창밖으로 오래된 침묵이 지나갔다. 나는 불투명한 유리창에 번진 햇살을 잠시 바라보았다. 뜨겁고 묽은 눈물이 조용히 흘러내렸다. 골목 밖에서 언뜻 익숙한 그림자가 일렁이는 듯했다.

또다시 계절이 지나가는 중이었다.

작가의 말

서로 아껴주는 마음

어렸을 때 우리 집 거실에는 작은 현판 하나가 걸려 있었다. 흑단인지 뭔지로 만든 작은 판에 '서로 아껴주는 마음'이라고 새긴 것이었는데, 아마도 가훈이었을 것이다. 몇 번의 이사를 거쳐 넓은 집에서 좁은 집으로, 좁은 집에서 낡은 집으로, 낡은 집에서 새집으로 이동하는 동안에도 그것은 늘 함께했다. 어느 집에 가든 저절로 제자리를 찾는 것처럼 보였다.

아버지가 죽은 다음 일 년쯤 지났을 때 문득 그 현판 생각이 났다. 버리지는 않았을 텐데, 집 안 어디에서도 그 현판을 찾을 수 없었다. 엄마에게 어디에 두었느냐고 물어볼까 하다 그만두었다. 새삼스럽게 그건 왜 찾니? 하고 핀잔을 들을 것 같아서. 나는 그것이 스스로 사라져버렸다고 결론지었다. '서로 아껴주는 마음'은 멸종되었다고.

그런 일이 있고 난 뒤에 〈골목의 조〉를 썼다. 일단 생각나는 문장을 모두 적고, 모든 문장을 교체하기를 여섯 번 반복했다. 그랬더니 저절로 이야기가 되었다(물론 제대로 된 이야기로 만들기 위해 수도 없이 고쳐야 했지만). 소설을 다시 쓸 때마다 '나'는 점점 더 강해지는 것처럼 보였다. 소설을 쓰는 나도 함께 강해지고 싶었다.

작가의 말로 원래는 '도시의 시간'에 대해 쓰려고 했다. 어스름한 하늘과 맨살에 달라붙는 차가운 바람의 시간, 오래된 건물 외벽이 햇볕을 듬뿍 빨아들였다 천천히 내쉬는 시간, 그런 광경을 보고 이름 모를 서글픔을 느끼는 시간에 대해서. 이 책을 사서 자기 책장에 끼워준 여러분도 그런 시간에 그런 서글픔을 느껴본 적 있었느냐고 물어보려고 했다. 글을 다 써서 출판사에 넘겨주었다가 마음을 바꾸었다. 그런 이야기는 이미 다 했다는 생각이 들어서.

무언가 중요한 것이 끝나가는 동시에 시작하는 시기인 듯하다. 모든 문제의 해답은 결국 하나일지도 모른다.

서로 아껴주는 마음.

조와 설리, 밤비와 '나'에게, 돌아가며 안부를 물어봐주는 친구들에게, 오랫동안 잠들어 있던 〈골목의 조〉를 꺼내주신 세 분의 심사위원께, 이야기 구석구석을 돌보아주신 김태희 팀장님께, 그리고 나의 첫 번째 독자에게.

감사합니다.

2022년, 송섬

작품 해설

불행을 통과하기

박혜진(문학평론가)

삶의 불연속성에 대하여

몽골에서 살아가는 소녀 푸지에를 본 건 동명의 다큐멘터리 영화를 통해서였다. 1999년, 의사이자 탐험가였던 일본인 세키노 요시하루는 남미 최남단에서 출발해 아프리카에 도착하는 것을 목표로 여행하던 중 몽골에 머무르게 된다. 세키노는 몽골 어느 초원에서 어린 나이에 어울리지 않게 능숙한 실력으로 말을 다루는 소녀를 만난다. 그 소녀의 이름이 푸지에다. 과묵함 속에 천진함과 성숙함을 품고 있는 푸지에에게 끌린 세키노가 카메라를 들고 따라다니자 푸지에는 또래의 아이들과 달리 냉담한 반응을 보이며 말한다. "가까이 오지 마세요." 일하는 데 방해가 된다는 거였다. 그때 푸지에의 나이는 여섯 살이었다. 영락없는 아이지만 유목민 특유의 독립심과 자립심만은 아이의 것으로 보이지 않았던 푸지에. 세키노는 푸지에 가족을 방문해 지속적인 정을 나눈다. 영화는 5년에 걸쳐 이루어진 푸지에 가족과의 만남을 다룬다.

영화가 보여주는 것은 5년 동안 세키노가 목격한 푸지에 가족의 슬픈 변화다. 최초 방문으로부터 얼마간 시간이 흐른 뒤에 찾아간 푸지에 집에는 이전과 사뭇 다른 공기가 흐른다. 가족 구성원에 변화가 생긴 것이다. 애초 일자리를 찾기 위해 집을 나간 뒤 돌아오지 않아 부재로 남겨진 아버지를 대신해 여기저기 일을 하러 다니던 푸지에의 어머니가 병으로 죽은 것인데, 사사로운 문명의 혜택조차 비껴간 곳에서 살고 있는 탓에 '너무 쉽게' 목숨을 잃게 된 경우였다. 그러나 할머니를 중심으로 다시 일상을 꾸려나가는 모습에서 삶은 계속된다는 모종의 회복 서사가 엿보였고, 거기까지만 해도 그들의 비극은 인간사의 그것과 별로 다르지 않아 보였다. 그로부터 몇 년 뒤 세키노가 다시 푸지에의 집을 찾았을 때에는 가까스로 살아 있던 회복의 불씨마저 사윈 형국이었다. 흑백필름이 아니지만 화면에서는 어떤 색채도 느껴지지 않았다. 푸지에가 죽었기 때문이다. 학교에서 돌아오는 길에 차에 치여 사망했다고 했다. 영화는 어떤 복선이나 암시도 없이 푸지에 가족에게 들이닥친 비극을 보여준다. 이 죽음들을 카메라에 담겠다는 의도나 의지는 없었을 것이다. 삶을 담으려다 보니 삶의 본성, 즉 삶의 불연속성이 드러난 것일 뿐.

영화를 둘러싼 표면적인 해석은 푸지에 가족이 경험한

죽음을 변화하는 시대상과 불화한 채 살아가는 소외된 계급의 사회적 죽음으로 읽는 것이다. 사회주의의 붕괴 이후 자유경제가 도입되면서 생겨난 부의 불균형이 유목민들의 삶을 더 위험과 불안으로 밀어 넣었고, 푸지에 가족의 죽음에 들러붙어 있던 가난과 소외의 바탕에는 유목민에게 치명적인 목축 도둑들의 극성이 있으며, 그들의 죽음은 얼마간 그러한 사회에서 비롯된 희생양이었다는 관점이 깔려 있는 해석이다. 변화하는 시대에서 동떨어진 채 자기들의 방식으로 살아가던 사람들이 무력하게 죽어가는 모습에서 어디까지가 우연이고 어디서부터는 필연인지 묻고 싶었을 수도 있겠다. 그들의 죽음을 사회적 죽음으로 읽는 관점은 이롭고 또 온당해 보인다. 그러나 내게 이 영화는 조금 다른 차원에서 질문하게 만드는 작품이었다. 솔직히 말하면 나에게 이 영화는 몽골 사회를 보여주는 사회적 관점보다는 생의 본질을 보여주는 철학적인 관점에서 더 강렬하게 다가왔다. 그런 탓에 푸지에의 죽음이 내게 불러일으킨 감정은 분노가 아니라 인간의 숙명에 대한 환기에 더 가까웠다.

문명화된다는 것은 사건과 사고로부터 사라질 위험에서 막아줄 각종 장치의 수혜자가 된다는 것을 의미한다. 우리는 내일과 모레, 다음 달과 내년을 생각하며 연속적으로 살아간다. 마치 죽음이 기다리지 않는 것처럼 현재를 살아간다. 하지만 생에서 분명한 것은 죽음밖에 없으며 죽음이란 이렇듯 갑자기 찾아와 우리 삶을 순식간에 다른 국면 속에 빠뜨리기도 한다. 사라짐은 도처에 있다. 영화가 시작할 때 싱그러운 빨간 볼과 대비되는 심드렁한 표정으로 관객의 시선을 붙들었던 푸지에는 영화가 끝날 때 더 이상 세상에 존재하지 않는 인물이 된다. 영화가 진행되어가며 한 사람씩 죽어 없어질 때마다 삶이란 이토록 불연속적이라는 사실만이 선명해진다. 우리가 어떤 시대를 살든, 또 살아갈 것이든, 우리 삶이 죽음의 개입으로부터 자유로울 수 없다는 사실에는 변함이 없을 것이다. 삶이라는 길 위에는 죽음이라는 터널이 있고, 터널을 통과하지 않고 길 위를 지날 수 있는 방법은 존재하지 않는다. 방법은 두 가지뿐이다. 터널 속에 갇히거나 터널을 관통하거나.

죽음을 통해 말하기

〈푸지에〉에 대한 자의적 수용과 주관적인 해석에는 죽음에 대한 내 오래된 집착도 한몫했을 것이다. 유년 시절에 대한 기억은 별로 남아 있는 게 없지만 그런 가운데 좀처럼 떨어지지 않는 기억이 있다면 열 살에서 열세 살까지 거의 매일 밤을 죽음에 대해 생각했다는 것이다. 잠을 자기 위해 침대에 누우면 머릿속에 떠오르는 생각들이 죄다 부모님의 죽음으로 귀결되던 시절이었다. 당시의 나에게 엄마의 죽음이란 상상할 수 있는 범위에서 가장 절대적인 상실이었을 테고, 결코 유쾌하지 않은 생각이었음에도 항상 엄마의 무덤이라든가 엄마의 죽음 같은 것들을 상상하는 것으로 시간을 보내다 잠들고는 했다. 이 시절의 내가 나의 죽음까지 생각했는지는 분명치 않지만 누가 가르쳐주지 않아도 죽음이 두려운 것임을 알았고 아무도 알려주지 않았지만 하루의 끝을 죽음에 비유할 줄 알았다. 죽음의 두려움은 배우지 않아도 안다. 그러나 죽음의 의미는 배움을 통해서만 알 수 있다.

죽음은 삶보다 보편적이다. 누구나가 다 살아 있는 것은 아니지만 누구도 죽지 않을 수는 없다. 죽음에는 예외가 없다. 그래서일까, 문학은 늘 '죽음'으로부터 듣고 '죽음'을 통해 말하는 죽음의 역사이기도 했다. 죽음에 대한 이야기가 아니더라도 죽음을 통해 말하는 식이다. 헤르만 헤세의 《수레바퀴 아래서》를 가리켜 죽음에 대한 이야기라고 말할 수는 없을 것이다. 자신을 둘러싼 세계가 원하는 대로 자신을 맞춰가던 청년이 스스로를 잃어버린 채 어디에도 소속되지 못하고 방황하다 끝내 정체를 알 수 없는 '죽음'으로 생을 마친다는 이야기에서 죽음이 주는 충격이 적지 않지만 그렇다고 이 소설에서 죽음이 주제 의식을 전달하는 사건이라고는 할 수 없기 때문이다. 물에 빠져 죽은 한스의 최후가 스스로의 선택이었는지 우연히 발생한 사고였는지 분명치 않다는 점에서 그의 죽음은 그의 삶을 어떻게 규정해야 할지 혼란스럽게 한다. 그 죽음은 사건으로서의 의미보다는 그의 삶에 던지는 질문으로 더 기능한다고 봐야 한다. 그의 죽음은 그의 삶이 죽음을 향해 지속되어온 과정이었음을 드러내는 지렛대다. 주변 사람들에게 그의 죽음은 갑작스러운 사고였지만 한스 자신에게 죽음은 계속해서 진행되어온 상태이기 때문이다.

죽음은 결말이 되기도 하지만 변화를 위한 시작이 되기도 한다. 김연수의 장편소설 《일곱 해의 마지막》은 천불이 나서 나무가 다 타는 장면으로 끝난다. 어느 시선으로 봐도 죽음을 가리키고 있지만 그 죽음은 새로운 생명을 위한 출발로서의 의미를 갖고 있다. 하늘이 내린 불을 의미하는 천불은 화전민들이 개간하기 위해 피우는 지불과 반대의 불이다. 자연의 흐름에 의해 저절로 생겨나 숲 전체를 숯으로 만들어버리는 천불은 뚜렷한 목적을 가진 도구로서 발생하는 불이 아니다. 그런데 화전민들은 천불을 보고도 공포를 느끼지 않았다고 한다. 자연은 스스로 이런 천불을 통해 죽음과 탄생의 순환을 만들어내기 때문이다. 이때의 죽음 앞에서 느끼는 건 오히려 경외감이다. 시인 백석이 쓰지 못했던 한 시기를 다루고 있는 소설은 탄생을 예비한 변화의 단계로 죽음을 바라봄으로써 쓰지 못한 그때에 그가 쓰지 않음으로써 지킨 것이 무엇인지 생각해보게 한다. 역사는 하는 의지와 마찬가지로 하지 않는 의지를 통해서도 쓰여진다는 것이다.

삶으로 말할 수 없을 때, 혹은 삶으로만 말할 수 없을 때, 우리는 종종 죽음을 통해 말한다. 누구나 죽기에 죽음은 모두에게 비유가 될 수 있다. 누구나 죽기 때문에 죽음은 다만 생물학적인 종료를 말할 뿐만 아니라 다른 세계가 탄생하기 위해 전제되어야 하는 완료를 의미하기도 하며 그런 점에서 부활과 영원의 조건이 되기도 한다. 죽음이 누군가의 것이기만 하다면 이토록 강력한 힘으로 다양한 비유로 사람들을 설득하지 못했을 것이다. 죽음이 하는 말을 들음으로써 우리는 삶을 살아갈 수 있다. 죽음을 관통한다는 것은 문학에서뿐만 아니라 우리 삶의 가장 중요한 주제이기도 하다. 죽음에 대해 쓰는 작가가 모두 진지한 작가라고 할 수는 없을 것이다. 그러나 진지한 작가는 모두 죽음의 문제에 도전했다. 죽음을 파악하고 죽음에 대해 새로운 주장을 하기 위해서가 아니다. 죽음이 항상 우리에게 말을 걸고 있기 때문이다. 처음 만나는 작가 송섬은 죽음이 걸어오는 말을 외면하지 않는다는 점에서 진지한 작가이고 죽음이 하는 말에 되물어가며 대답한다는 점에서 예외적인 작가다.

그들이 함께 사는 법

《골목의 조》는 세상사에 큰 흥미를 느끼지 못하고 자기만의 영역에서 삶을 영위하는 스물네 살 여성의 시점으로 쓰인 '반지하 생활자의 수기'다. 동시에 거듭되는 상실의 경험과 함께 성숙해가며 홀로 남은 세상에서 주변의 존재들과 관계를 맺으며 스스로를 발견해나가는 성장의 서사이기도 하다. 일찍이 도스토옙스키가 자기만의 세계에 갇혀 자폐적 진술을 일삼는 '지하인간'을 통해 세상의 법칙에 짜맞추어지지 않은 혼돈이 인간의 본성일 수 있음을 보여주었다면 송섬의 《골목의 조》에 등장하는 '반지하 인간'은 지층 아래로 흘러드는 존재들을 받아들이는 것이 '함께' 살아가는 인간의 또 다른 본성일 수 있음을 보여준다. 세 계단 아래로 내려가야 하는 집은 세 계단 위로 올라가야 하는 집보다 접근하기에 용이하다. 그 용이함이 혼자 된 '나'에게 고양이 두 마리와 같이 살아갈 수 있는 조건이 되어준다.

홀로 된 그의 삶에는 고양이 두 마리 외에도 함께하는 두 명의 인간이 있다. 한 명은 그가 사는 동네에서 술집을 운영하는 조다. '나'보다 나이가 많고 덩치도 큰 조는 대단한 열의도 열정도 없이 술집을 운영한다. 열의도 열정도 없이 운영하는 술집에서 취급하는 맥주는 두 종류밖에 없지만 그 간소함이 주는 담백한 세계가 '나'의 마음에 든다.

한 잔 두 잔 술을 마시며 '나'와 조는 여러 이야기를 솔직하게 나눌 수 있는 사이가 되고 이내 반지하에서 함께 지내는 관계가 된다. 고양이들과 함께하게 된 것처럼 자연스럽게 흘러든 인연이다. 또 하나의 인간은 벽에 나타나는 아저씨다. '나'의 눈에만 보이는 아저씨의 정체가 무엇인지는 확실하지 않다. 스스로 생을 마감한 아버지의 형상이라도 되는 듯 '나'는 아저씨에게도 친밀감을 느낀다. '나'에게 아버지의 죽음은 아직 흘러가지 않고 남아 있기 때문이다. 한집에서 살게 된 이들은 함께하려는 의지와 노력 없이 동거한다. 세 계단 아래, 빛이 온전히 들지 않는 이곳은 조금 어둡지만 무해한 것들이 거부당하지 않는 안전한 곳이다. '나'는 떠나는 존재들을 잡을 수 없었던 것과 마찬가지로 다가오는 존재들을 받아들인다. 마치 처음부터 함께했던 자들이 돌아온 것처럼 자연스럽게. 의지와 결합으로 구성된 화합물로서의 가족이라기보다 존재하는 것들끼리 느슨하게 결합된 혼합물에 더 가까운 이들은 자신으로 들어왔다 자신으로 나간다. '나'는 그들의 드나듦을 고통 없이 관조한다. 그들이 같이 살아가는 방식이다.

이들의 느슨한 결합에는 부재와의 '동거'가 있다. 소설을 구성하는 가장 표면적인 서사에는 부재와 결핍이 있다. 아버지의 자살, 일찍이 발생한 어머니의 부재. 스물네 살, 직장에서 권고사직을 당한 여성의 삶을 설명해주는 단어라고 보기에는 무거운 이야기다. '나'는 아버지의 죽음 이후 홀로 삶을 꾸려나가고 있다. 일찍이 어머니의 정체와 행방을 알 수 없었으므로 아버지의 죽음 이후 '나'는 세상과 홀로 마주해왔다. 더욱이 아버지의 죽음은 나의 마음 어딘가에 어두운 상실의 경험으로 자리 잡아 나의 현재에 지속적인 영향을 미친다. 아버지의 죽음이 채 소화되지 못한 상황에서 '나'는 고양이 설리의 죽음을 맞는다. '나'는 설리의 죽음을 슬퍼할 수는 있지만 죽은 설리를 어떻게 해야 할지 몰라 고양이 사체를 냉장고에 넣어 보관한다. 우리는 당황스러운 상황 앞에서 도피하거나 정지한다. 죽은 고양이를 어떻게 '처리'해야 할지 모르는 데에서 비롯된 행위가 아니라 떠난 설리와 어떻게 작별해야 하는지 알지 못하는 상황에서 판단이 정지한 상황이다. 도피하지도 멈추지도 않을 경우 정면을 향해 달려갈 수 있지만 '나'에게는 아직 그럴 용기도, 그것이 가능하다는 생각도 할 수 없다. 적어도 조의 죽음이 다가오기까지는 말이다.

아버지의 죽음이 유년 시절을 지배하는 트라우마가 되었다면 설리의 죽음은 함께하는 가족의 현재적 죽음이라고 할 수 있을 것이다. 그런가 하면 함께 살아가며 온기를 나누던 '조'의 가출과 죽음은 앞선 죽음들과 비교해 '나'에게 한층 더 큰 충격으로 다가온다. 기차가 지나가는 선로에 누워 스스로의 죽음을 기다렸던 조의 죽음과 그 죽음을 순순히 받아들이지 못하는 조의 부모를 만나는 과정에서 '나'는 아버지의 죽음으로부터 탈출하고 싶어 했던 자신을 만난다. 당시 '나'는 다른 무엇보다 '나'로부터 탈출하고 싶었다. 현관문에 목을 매고 죽음을 택한 아버지의 죽음뿐만 아니라 그 장면을 끝으로 중단되어버렸던 그의 삶, 그러니까 '나'와 함께했던 아버지의 삶이 중단된 것을 어떻게 해석해야 할지 알지 못한다. 아버지의 삶만이 아니라 아버지와 함께했던 '나'의 삶도 거기 같이 멈춰 있다.

> "나는 내 유년기로부터 너무 빨리 도망쳤어. 사람 모양 구멍을 남기고 탈출하는 것처럼." (126쪽)

자신으로부터 탈출하는 것이 가능할까? 도망칠 수는 있겠지만 벗어나는 것마저 가능할까? 이 소설을 통해 송섬이 세상과 이야기하고자 한 것이 죽음을 수용하는 과정이라면 아버지의 죽음-반려묘의 죽음-연인의 죽음으로 이루어지는 죽음의 푸가 속에서 '나'의 변화는 그 질문에 대한 하나의 답변일 수도 있겠다. 벗어나는 것은 불가능하다. 더욱이 벗어나는 것은 좋은 방법이 아니다. 연이은 죽음을 겪으며 '나'는 더 이상 탈출을 꿈꾸며 도망치지 않는 사람으로 바뀌어간다. 아버지의 죽음으로부터 '탈출'하고 싶어 했다면 설리의 죽음 앞에서는 멈춰 섰다. 어떻게 해야 할지 몰라 시체를 냉장고에 보관하지만 끝내 친구의 도움을 받아 시체를 묻어주는 데에 이르렀으므로 정체에서 그치지 않고 제손으로 이별의 형식을 마련하는 데 성공했다. 이어지는 조의 죽음 앞에서는 조금 더 나아간다. '나'는 죽기로 작정한 조의 시간들을 되짚는다. 죽음을 받아들인다는 건 그가 놓여 있던 자리들을 되짚으며 그의 삶을 바라볼 수 있는 용기를 가진다는 것이다. 조의 죽음을 통해 '나'는 죽음을 받아들일 수 있게 된다.

골목과 반지하, 성장의 장소

소설에서 '나'의 내면에 나타난 변화는 골목과 반지하라는 장소를 통해 보다 가시화된다. 장소와 공간을 구분할 때 그 기준이 되는 것은 그곳을 사용하는 사람들이 부여하는 가치다. 이-푸 투안은 그의 저서《공간과 장소》에서 공간과 장소를 구분하며 "처음에는 별 특징이 없던 공간은 우리가 그곳을 더 잘 알게 되고 그곳에 가치를 부여하면서 장소가 된다"고 주장하는데, 공간이 객관적이고 물리적인 차원의 개념이라면 장소는 공간에 시간성이 반영된 심리적 차원의 개념이라 볼 수 있다. 개별적이고 주관적인 경험이 반영되면 모두에게 동일한 기능을 수행하는 공간이 다른 차원의 의미를 지닌 곳으로 바뀐다. 예컨대 서울광장이 그곳을 이용하는 사람들의 경험에 따라 교차하는 도로 사이에 만들어진 잔디밭일 수도 있고 인권을 사수하기 위해 포기할 수 없는 최전선의 현장을 상징할 수도 있듯이.

골목과 반지하는 소설의 주요한 배경이지만 전개가 진행될수록 배경에 그치지 않고 소설의 주제를 확장시키는 의미를 지닌 장소로 발전해나간다. 골목은 건물과 건물 사이에 난 좁은 길을 가리킨다. 사이에 존재하기 때문에 길 그 자체로 인식되기보다는 건물과 건물의 구분을 위한 틈, 즉 부재의 공간으로서 의미를 지니는 곳이 바로 골목이다. '나'의 집과 조의 술집이 공유하는 골목 역시 하나의 길로서 주목받을 수 있는 공간보다는 죽어 있는 비가시적 공간으로서의 의미가 더 강하다. '나'의 집과 연결하고 활용하는 방식에 따라 인적 드문 골목을 베란다로 만들 수도 있지만 신경 쓰지 않으면 그저 다른 집과의 최소 간격을 만들어주는 간극에 지나지 않는 것이다. 반지하는 어떨까. 잘 알려진 것과 같이 반지하는 사람이 살기 위한 공간으로 만들어진 공간이 아니다. 참호 역할을 기대하며 만들어진 기능적 공간이었으므로 처음에는 창고 용도로 사용되는 데 그쳤지만 대도시 인구가 폭발적으로 증가하면서 지하실을 개조해 주택으로 활용하는 경우가 생겼고 서울의 급격한 인구 증가를 감당할 수 있을 만큼의 주택을 공급하지 못하던 정부가

이를 묵인하며 1990년대 초반에 반지하가 합법화되었다는 이야기. 반지하 방식으로 주거용 건물을 짓는 것이 불법이었지만 1984년 지하층 규정이 완화된 것도 반지하 주택 급증에 기여했으며 무엇보다 저소득층 수요가 반지하를 계속해서 존재하게 한다는 또 다른 이야기. 영화 〈기생충〉이 전 세계적으로 화제가 되었을 때 해외 관객의 반응 중에는 '반지하'라는 주택에 대한 놀라움 또한 소소한 화제가 되었다는 이야기. 어떤 이야기를 선택하든 오래도록 반지하가 가난의 상징이었다는 사실은 변함이 없다.

《골목의 조》에서 작가는 골목과 반지하가 지닌 부재와 결핍이라는 기존의 의미를 부정하지 않으면서도 그곳에서의 만남과 이별을 통해 골목과 반지하를 치유와 연결의 장소로 탄생시킨다. 골목은 부재하는 틈으로서의 공간이지만 조의 술집이 등장하고 길 위에서 살아가는 고양이들이 '나'의 집으로 들어와 함께 살 수 있는 길이 되어준다는 점에서 부재의 공간이 아니라 연결의 매개가 된다. '나'와 조의 만남, '나'와 설리, '나'와 밤비의 만남, 나아가 '나'와 설리와 밤비와 아저씨가 만나는 기억의 장소가 될 수 있는 것도 골목과 반지하라는 폐쇄된 동시에 열려 있는 공간이 아니었다면 불가능했을 것이다. 공간은 사라지지만 장소는 사라지지 않는다. 장소가 기억 속에서 만들어지기 때문이다. 길 위에서 잃어버리는 것만이 아니라 새로운 관계를 얻을 수 있다는 것을 알게 된 '나'는 사라지지 않는 기억과 함께 사라지지 않는 길을 갖게 된다. 길이 있으므로 도망가지 않을 수 있다. 죽음마저도 그저 상실은 아니라는 것. 땅 아래 공간인 반지하에는 새로운 만남이 더 많이 흘러들 수 있다는 것. 단절을 의미했던 공간이 연결을 가능케 하는 장소가 되며 '나'도 세상을 향해 문을 연다.

죽음을 관통하며 인간은 성장한다. 페터 한트케의 소설《소망 없는 불행》에서 주인공은 자살한 어머니에 대해 쓰기로 결심하며 그러한 글쓰기를 하는 이유를 세 가지로 정리한다. 첫 번째 이유는 어머니의 자살 사건을 대하는 낯선 인터뷰 기자보다는 자신이 어머니에 대해 더 많이 안다고 믿기 때문이다. 두 번째 이유는 무언가 할 일이 있으면 기운을 얻을 것 같아서. 마지막 세 번째 이유는 어머니의 자살을 하나의 사건으로 재현하고 싶기 때문이다. 이에 따라 소설은 어머니의 삶을 회상하는 방식으로 진행된다. 기억 속에 존재하는 시절의 어머니부터 기억 이전부터 존재했던 어머니까지, 주인공은 어머니의 삶을 추적하고 요약하기 위해 어머니를 살필 수 있는 다양한 자료들을 검토한다. 어머니가 어떤 사람이었을지 생각하고 판단하고 표현한다. 그 과정이 보여주는 바, 주인공이 말한 세 가지 이유가 결국은 한 가지 이유로 수렴된다. 어머니의 자살을 알게 되었던 그 순간을 표현하고자 하는 욕구와 그 사건의 실체를 해석해 보고 싶은 욕망이 그것이다.

우리에게는 욕망이 있다. 설사 그것이 비극이라면 그 비극마저 온전히 경험하고 싶은 욕망. 그리고 그 욕망의 이행이 바로 성장의 다른 이름이다. 성장이란 그때 그 불행이 나에게 무슨 의미였는지 알게 되는 것이다. 《골목의 조》에 빗대어 말하자면 그 시절 "사람 모양 구멍을 남기고 탈출"하고 싶었던 '나'의 마음과 그런 마음을 가질 수밖에 없었던 아버지의 죽음이 그때의 나에게, 그리고 지금의 나에게 무슨 의미로 계속되는지 발견하는 것. 조의 죽음을 통해 '나'는 성장한다. 불행은 좁은 골목과 낮은 집의 모습을 하고 있지 않다. '나'는 삶이 던져주는 불연속성을 품고 당당하게 터널을 지나는 것처럼 골목을 지난다. 터널을 빠져나오며 어둠과 멀어지듯 서서히 불행을 통과하는 이 소설은 도래할 불행을 기약한다. 그리고 나는 《골목의 조》를 통과하며 새로운 비극을 기다리는 담담한 용기를 얻는다.

박지리문학상

박지리문학상은 참신한 소재와 독특한 글쓰기로 인간 본질과 우리 사회를 깊이 천착해 한국 문단에 독보적 발자취를 남긴 박지리 작가의 뜻을 잇고자 사계절출판사에서 2020년에 시작한 문학상 공모입니다. 미등단 신인 및 단행본 출간 5년 이내의 기성 작가를 대상으로 합니다. 원고지 100매 내외의 단편소설 3편 또는 300매 내외의 경장편소설을 모집하며, 대상 1편에 창작지원금 5백만 원과 이기영 독자님의 후원금 2백만 원을 드립니다. 1회 수상작은 현호정 작가의 《단명소녀 투쟁기》로 2021년에 출간했습니다.

박지리 작가는 2010년 《합체》로 사계절문학상을 받으며 작품 활동을 시작했고, 《맨홀》 《양춘단 대학 탐방기》 《3차 면접에서 돌발 행동을 보인 MAN에 관하여》 《번외》 《다윈 영의 악의 기원》 《세븐틴 세븐틴》(공저) 일곱 작품을 출간했고, 2016년 31세의 나이로 안타깝게 생을 마감했습니다.

심사평

〈골목의 조〉는 죽음의 분위기가 작품 전반에 흐르고 있지만, 정념 과밀현상에서 벗어나 오히려 차분하고 조용한 정서로 조근조근 이야기를 이끌고 나가는 소설이었다. 얼핏 보면 감상적이고 신파적인 이 이야기는, 그러나 섬세한 주인공의 내면 묘사와 시선으로 인해 낯설고 새로운 서사로 변모한다. 그 과정에서 특히 벽에서 돋아난 아저씨에 대한 묘사와 조와 함께 바라보던 골목에 대한 묘사, 이 두 가지 요소가 이 소설을 단순한 감상이 아닌 상징의 세계로 이끌었다. 말하자면 어떤 장소를 통해 우린 달라지고 변할 수 있으며, 그로 인해 성장까지 할 수 있다는 것. 그 장소에 '있고 없는' 사람들을 통해서, 그 거리감각을 통해서 다시 나를 발견하고 변화시킬 수 있다는 것. 어떤 '장소'는 그 자체만으로도 하나의 주제가 될 수 있다는 것. 그것이 이 소설이 쓸쓸하게 남겨진 작은 골목을 통해서 우리에게 전하는 메시지이다. **이기호(소설가)**

〈골목의 조〉는 죽음과 상실에 관한 이야기이다. 인물

은 높지 않은 목소리로 말하고 에피소드들은 연하고 담백한데 이상하리만큼 빠져들어 읽게 되는 묘한 소설이다. 소설을 다 통과할 때 불러오는 감정은 크고 강렬했는데, 재독이나 삼독을 해도 이 작품의 최종 감정이 휘발되지 않았다. 고양이 두 마리에 유령 하나, 의욕 없는 술집 주인 조가 젊고 하릴없는 나의 지하방에 차례로 출몰해 함께 지낸다. 이들이 하나씩 더해지는 순간과 빠져나가는 순간을 들여다보고 있으면 인생에 대한 풍경화처럼 보인다. 그러니까 이 소설은 어떤 절기에 관한 이야기, 죽은 남자와 죽을 남자, 살아 있는 고양이와 죽을 고양이와 더불어 한 시절을 보낸 주인공이 마침내 외면해오던 자신의 슬픔과 마주하고 애도를 할 수 있게 되는 이야기일 것이다. 〈골목의 조〉는 밀고 나가야 할 세계를 끝까지 좇아 자기만의 궤도에 편안하게 떠 있는 느낌을 주었기에 이 작품을 당선작으로 선택했다. 그것은 신뢰로도 이어졌다. 다음 작품도 분명 재미있을 것 같은 신뢰감. 나는 이 작가의 다음 작품을 읽을 준비도 이미 되어 있다. **김성중(소설가)**

문학상 심사에 처음으로 임하며 응모작들을 읽기 전에 몇 가지 질문을 만들었다. 문학상 심사자는 어떤 주체이며 어떤 덕목을 지녀야 하는가. 문학상마다의 고유한 목적은 무엇이며 박지리문학상은 다른 문학상들과 비교하여 어떤 특색이 있는가. 어떤 기준에 따라 수상작 후보들을 선별하고 수상작을 선정할 것인가. 응모작들과 최종의 수상작에 대해 심사평을 어떻게 쓸 것인가. 우리는 최종적으로 〈골목의 조〉를 택했다. 누군가 스스로 목숨을 끊은 이후, 그와 친밀했던 생존자로서 그 죽음에 대응하는 방식에 있어서, 〈골목의 조〉의 위스키, 맥주, 피자의 세속적 장례식을 택한 것이다. 세속에 실천적 용기가 있다고 여기며. 박지리 이후, 이 작은 애도와 생존의 용기를 더 많은 독자들과 나누고 싶어서. **윤경희(평론가)**

골목의 조

2022년 7월 20일 1판 1쇄
2022년 12월 15일 1판 2쇄

지은이 송섬

편집 김태희, 장슬기, 윤설희
디자인 박연미
제작 박흥기
마케팅 이병규, 양현범, 이장열
홍보 조민희, 강효원

인쇄 천일문화사
제책 책다움

펴낸이 강맑실
펴낸곳 (주)사계절출판사
등록 제406-2003-034호
주소 (우)10881 경기도 파주시 회동길 252
전화 031)955-8588, 8558
전송 마케팅부 031)955-8595 편집부 031)955-8596
홈페이지 www.sakyejul.net
전자우편 literature@sakyejul.com

값은 뒤표지에 적혀 있습니다.
잘못 만든 책은 구입하신 서점에서 바꾸어 드립니다.
사계절출판사는 성장의 의미를 생각합니다.
사계절출판사는 독자 여러분의 의견에 늘 귀 기울이고 있습니다.

ISBN 979-11-6094-948-3 03810